MARIE DE MANCINI

DRAME EN CINQ ACTES, EN HUIT TABLEAUX

PAR

MM. AD. D'ENNERY & FERD. DUGUÉ

REPRÉSENTÉ POUR LA PREMIÈRE FOIS, A PARIS, SUR LE THÉATRE DE L'AMBIGU-COMIQUE, LE 29 DÉCEMBRE 1864

DISTRIBUTION DE LA PIÈCE

MAZARIN	MM. CLÉMENT JUST.	UN OFFICIER	JULES.
HECTOR MARTINOZZI	P. DESHAYES.	UN CRIEUR PUBLIC	GILLOT.
LE ROI	REGNIER.	MARIE DE MANCINI	Mmes A. PAGE.
MARCASSAR	RAYNARD.	GILBERTE	MANVOY.
MAUREVERT	FAILLE.	OLYMPE	GERMA.
JEAN OUDARD	MACHANETTE.	HORTENSE	LEPREVOT.
DE VIVONNE	RICHER.	MARIANNE	DEBREUIL.
PIMENTEL	ADLER.	DEUX FEMMES DU PEUPLE	MALLEVILLE. / CLARA.
DE VARDES	HYACINTHE.		
DE LONGUEVAL	LOYER.	OFFICIERS, SOLDATS, GENTILSHOMMES, DAMES DE LA COUR,	
DE CHAULNES	LÉON.	PEUPLE, ETC.	
THIBAUT	LAVERGNE.		

ACTE PREMIER

PREMIER TABLEAU

Un carrefour dans le bois de Vincennes. — Groupes de gens du peuple, de bourgeois et de gentilshommes. — Va-et-vient de gardes et de piqueurs. — Fanfares de chasse au lointain.

SCÈNE PREMIÈRE

DE CHAULNES, DE VIVONNE, DE LONGUEVAL, DE VARDES, HOMMES ET FEMMES DU PEUPLE, THIBAUT.

PREMIÈRE FEMME DU PEUPLE. Par ici! par ici! On dirait que la chasse se rapproche.

DEUXIÈME FEMME DU PEUPLE. Elle s'éloigne, au contraire.

PREMIÈRE FEMME DU PEUPLE. Je te dis que non...

DEUXIÈME FEMME DU PEUPLE. Je te dis que si...

PREMIÈRE FEMME DU PEUPLE. Tiens, c'est Thibaut... Bonjour, Thibaut!...

TOUS. Bonjour, Thibaut!

THIBAUT. Bonjour! bonjour!...

PREMIÈRE FEMME DU PEUPLE. Sais-tu quelque chose?... Apportes-tu des nouvelles?... As-tu vu le roi?...

THIBAUT. Non, mais j'ai vu Mazarin...

DEUXIÈME FEMME DU PEUPLE. Toujours Mazarin...

THIBAUT. J'ai même vu ses nièces, les Mazarinettes...

DEUXIÈME FEMME DU PEUPLE. Ah! elles sont ici?

THIBAUT. Toutes les quatre!...

DEUXIÈME FEMME DU PEUPLE. Il y en a quatre, à présent?...

THIBAUT. Mais oui! On n'avait pas assez d'Hortense, de Marianne, d'Olympe, il y a Marie, la dernière venue, qu'on est allé chercher au couvent dans un magnifique carrosse tout doré, pour la présenter à Sa Majesté aujourd'hui même.

DEUXIÈME FEMME DU PEUPLE. Encore une Italienne à marier!

PREMIÈRE FEMME DU PEUPLE. Et à doter!

DEUXIÈME FEMME DU PEUPLE. Et qui payera la dot?

PREMIÈRE FEMME DU PEUPLE. Mais encore nous, toujours nous!

DEUXIÈME FEMME DU PEUPLE. Voilà une famille qui coûte cher!

PREMIÈRE FEMME DU PEUPLE. Chaque fois qu'il nous arrive une nouvelle nièce... et il en arrive tous les ans... ce sont de nouvelles redevances, de nouvelles tailles, de nouveaux impôts... Oh! mais, cette fois, on se fâchera, on protestera, on criera.

TOUS. Oui, oui, on criera!

THIBAUT. Et on payera! C'est toujours comme ça!

PREMIÈRE FEMME DU PEUPLE. Parce que vous autres, les hommes, vous n'êtes que des poltrons, des poules mouillées, quoi!... Ah! si on laissait faire les jupons... pas vrai, mes commères!

TOUTES LES FEMMES. Oui, oui, oui!...

THIBAUT, désignant un groupe. Mais, silence donc, braillardes, on nous écoute, et ces manteaux-là cachent peut-être des espions...

DE VIVONNE. Tu te trompes, mon brave! (Il s'approche d'eux ainsi que de Chaulnes et de Longueval.) Regarde!...

THIBAUT. Monsieur de Vivonne...

PREMIÈRE FEMME DU PEUPLE. Monsieur de Chaulnes...

DEUXIÈME FEMME DU PEUPLE. Monsieur de Longueval...

DE VIVONNE. Eh bien, avez-vous encore peur de nous?

PREMIÈRE FEMME DU PEUPLE. Oh! non, monseigneurs, non... car vous êtes de bons, de vrais gentilshommes, vous autres, et si notre petit roi n'avait à son service que des bras et des cœurs comme les vôtres... ah! les choses iraient mieux qu'elles ne vont!

DE VIVONNE. Patience, mes commères, patience!

PREMIÈRE FEMME DU PEUPLE, baissant la voix. Dites donc... est-ce qu'il y aurait quelque anguille sous roche?

DE VIVONNE, même jeu. Peut-être!... et, le cas échéant, on pourrait compter sur les halles de Paris?

PREMIÈRE FEMME DU PEUPLE. Comme Beaufort y comptait, monseigneur!... Notre Beaufort si brave, si affable, si familier avec les pauvres gens et qui, aujourd'hui, en exil...

DE VIVONNE. L'exil n'est pas comme le tombeau, il rend souvent sa proie...

PREMIÈRE FEMME DU PEUPLE. Ah! si Beaufort et Gondy nous revenaient, voyez-vous!

DE VIVONNE. Je vous ai dit : Patience!

DE VARDES, entrant. Messieurs, je vous annonce mesdemoiselles de Mancini, les illustres nièces de l'illustrissime Mazarin... Elles seront ici dans un instant.

TOUS. Ici?...

DE VARDES. Et à pied, comme de simples mortelles!

TOUS. Vraiment!

DE VARDES. Mon Dieu, oui... Un accident survenu à l'attelage les a forcées de descendre de carrosse et de gagner à pied le rendez-vous de chasse.

DE VIVONNE, regardant au dehors. En effet... les voici...

DE VARDES. Précédées du capitaine Maurevert, l'âme damnée de Mazarin.

DE VIVONNE. Maurevert!... Éloignons-nous, messieurs... Au revoir, braves gens... Topez-là, ma commère...

PREMIÈRE FEMME DU PEUPLE. Le cœur dans la main, mon gentilhomme. (De Vivonne s'éloigne avec de Vardes, de Chaulnes et de Longueval.)

SCÈNE II

LES MÊMES, moins LES GENTILSHOMMES, MAUREVERT et SOLDATS, puis MARIE, OLYMPE, HORTENSE et MARIANNE.

PREMIÈRE FEMME DU PEUPLE. Ce Maurevert! en voilà encore un que j'ai en grippe!... Ah! Dieu de Dieu!

TOUS. Le voilà! le voilà!...

MAUREVERT, entrant. Au large, manants, au large!... ou gare les horions!... et criez tous : Vive le cardinal!

DEUXIÈME FEMME DU PEUPLE. Cette fois, la chasse se rapproche.

PREMIÈRE FEMME DU PEUPLE. Courons au-devant!

TOUS. Oui, oui!...

MAUREVERT, les arrêtant. Eh bien! ne m'avez-vous pas entendu?...

PREMIÈRE FEMME DU PEUPLE. Si fait, monseigneur... vous nous avez dit de crier... et nous allons crier!...

MAUREVERT. Allons donc!

PREMIÈRE FEMME DU PEUPLE. Vive le roi!

TOUS. Vive le roi!

MAUREVERT, furieux. Drôles! (Tous sortent en répétant ce cri, qui s'éteint peu à peu.)

MARIE, entrant. Ah! cela fait plaisir à entendre! Voilà un bon peuple, qui aime bien son roi!

MAUREVERT, avec flatterie. La meilleure part de ces acclamations est pour Son Éminence, mademoiselle!

MARIE, naïvement. Vous croyez, monsieur?... C'est bizarre... je ne distingue pas du tout le nom de Mazarin...

OLYMPE. Marie!...

MARIE. Quel regard sévère, ma chère Olympe!... Est-ce que j'ai encore fait quelque maladresse ou dit quelque sottise?...

OLYMPE. Non... mais vous ne pesez pas assez vos paroles... Vous êtes encore un peu trop... comment dirais-je... un peu trop... naïve... votre éducation de cour... est tout à faire.

MARIE. Et vous vous en chargez toutes les deux... (Elle désigne Hortense.)

HORTENSE. Naturellement.

OLYMPE. C'est un devoir pour nous.

MARIE. Que vous êtes bonnes!

MARIANNE, bas à Marie. Quels tyrans que ces grandes sœurs... Ah! si tu voulais...

MARIE. Quoi donc?...

MARIANNE. Comme nous nous révolterions!

MARIE. Gentil démon, va!

HORTENSE, avec sévérité. Marianne...

MARIANNE, avec hypocrisie. Ma sœur?...

HORTENSE. Venez ici, près de moi...

MARIANNE, même jeu. J'y vais, ma sœur... (Bas à Marie.) Tu sais, quand tu voudras...

MARIE, avec un sérieux affecté. Chut! nous en reparlerons!...

OLYMPE. Monsieur de Maurevert, sommes-nous encore loin du rendez-vous de chasse?...

MAUREVERT. Non, madame... on l'aperçoit d'ici... mais qu'il vous plaise de continuer la route à pied ou de faire avancer un autre carrosse, je suis tout à vos ordres...

OLYMPE. Veuillez donc, je vous prie, annoncer notre arrivée au cardinal, nous nous reposerons ici quelques instants.

MARIE. Oh! oui! de l'air, de la verdure, un rayon de soleil, un coin de ciel bleu... quel bonheur!

OLYMPE, à Maurevert. Je suppose qu'il n'y a aucun danger à rester ici?

MAUREVERT. Aucun, certainement... mais si vous désirez garder cette escorte...

MARIE. Oh! non! c'est bien inutile...

MARIANNE. Nous sommes braves, monsieur!

OLYMPE. Puisque ces demoiselles ont donné leurs ordres... à tout à l'heure, monsieur de Maurevert.

MAUREVERT. A tout à l'heure! (Il s'éloigne avec les soldats.)

SCÈNE III

MARIE, OLYMPE, HORTENSE, MARIANNE.

MARIE. Enfin! nous voilà seules.

MARIANNE. Enfin!

MARIE. Moi, d'abord, je suis comme une échappée de prison!... j'ai des fantaisies de sauter, de chanter, de courir dans l'herbe... Je m'ennuyais tant au couvent!

MARIANNE. Et la présentation au roi que tu oublies!...

MARIE. C'est vrai! Malgré moi, à cette pensée, je me sens toute tremblante.

OLYMPE. A la bonne heure, vous voilà raisonnable, et j'espère que vous comprenez enfin toute l'importance, toute la solennité de ce qui va s'accomplir.

MARIE. Ah! c'est à donner le vertige, d'arriver si haut quand on est parti de si bas.

OLYMPE. De... si bas?...

MARIE. Mais oui!... Qu'étions-nous hier encore?... Une pauvre famille étrangère, bien humble, bien obscure, qui doit son élévation soudaine aux hasards les plus inouïs, les plus merveilleux.

OLYMPE. Dites au génie du cardinal Mazarin, notre oncle!

MARIE. A son génie... c'est vrai!... Voyons, mes sœurs, vous qui avez été présentées, avez-vous eu bien peur?

HORTENSE. Nous?... très-peu!

MARIE. Moi, je suis tout émue à l'avance.

MARIANNE. Pourquoi donc?

MARIE. Le roi va peut-être me trouver laide! gauche! que sais-je?

MARIANNE. Le roi te trouvera charmante!... Ne te mets donc pas ainsi martel en tête... Ah! quand je serai en âge d'être présentée, c'est moi qui n'aurai pas peur du tout!

MARIE. Vraiment?

MARIANNE. Du tout, du tout! Sois donc comme moi, ma chère... quand on a ton esprit, la grâce, on se tire toujours d'affaire.

MARIE. Merci! Tu m'as un peu rassurée; mais c'est égal, ce sera pour moi un moment terrible. (Jean et Gilberte ont paru au

(fond, à travers les arbres, Gilberte achève un bouquet de fleurs sauvages qu'elle tient à la main.)

SCÈNE IV

LES MÊMES, JEAN, GILBERTE.

GILBERTE. Et voilà bien le grand chêne.... Vous voyez, Oudard, que tout en courant après mes fleurs, je n'ai point perdu ma route... Je vous aurais conduit ici les yeux fermés...

JEAN, apercevant Marie, e ses sœurs. Prenez garde!

GILBERTE. Oh! les belles dames, les riches toilettes!...Oh! j'ai honte d'être si pauvrement vêtue...

JEAN. Hélas!... que ne puis-je vous couvrir aussi de guipures et de bijoux?

GILBERTE. Buh! cela ne me rendrait pas meilleure, mon ami, et Gilberte ne doit pas rougir de sa pauvreté.

MARIE. Regarde donc, Marianne, comme cette enfant est jolie, sous ses pauvres vêtements.

MARIANNE. Oui, c'est vrai, bien jolie!

MARIE. Et il y a en elle je ne sais quelle grâce sauvage qui intéresse... qui attire... Si nous lui parlions, voulez-vous?

MARIANNE. Je veux bien.

OLYMPE. Perdez-vous l'esprit, de faire attention à cette espèce?

HORTENSE. Quelque mendiante!

MARIE, à Gilberte. Approchez, mon enfant...Est-ce que nous vous faisons peur?

GILBERTE. Oh! non, pas vous... je suis sûre que vous êtes bonne.

MARIE. Vous l'êtes aussi!

GILBERTE. Je tâche, mais je ne réussis pas toujours.

MARIANNE. Tiens!... c'est comme moi, je tâche souvent, mais je ne réussis jamais.

MARIE. Vous vous appelez?...

GILBERTE. Gilberte... Et vous?...

MARIE. Marie!... Vous demeurez à Vincennes?...

GILBERTE. Non, à Paris, hôtellerie de l'*Éperon d'or*.

JEAN, bas à Gilberte. Imprudente!

GILBERTE, de même. Oh! ce n'est pas elle que nous pouvons craindre. (A Marie.) A votre tour, dites-moi où vous demeurez.

MARIE. Moi, je demeure...

OLYMPE, se plaçant entre elles. Assez. (A Gilberte.) Prenez et partez. (Elle jette une bourse aux pieds de Gilberte.)

JEAN, avec colère. Madame!

MARIE, avec reproche. Olympe! (Gilberte ramassé la bourse.)

JEAN. Que faites-vous?

GILBERTE, avec calme. Madame a laissé tomber sa bourse par mégarde, et je la lui rends...

OLYMPE. Je ne reprends jamais ce que j'ai donné!

GILBERTE, fièrement. Mais alors...

MARIANNE. Gardez-la, Gilberte... non comme une aumône... Ma sœur trouve ces fleurs charmantes... voulez-vous les lui vendre?

GILBERTE. Non!

MARIANNE. Mais...

GILBERTE. J'ai dit non!

MARIE. Voulez-vous me les donner, à moi?

GILBERTE. Oh! de grand cœur... les voila!

MARIE. Je les prends toutes... et la bourse aussi... de sorte que c'est moi qui suis maintenant votre obligée.

GILBERTE. Merci!.. Ah! tenez, je vous aime, vous, et je serais bien heureuse de vous revoir.

MARIE. Nous nous reverrons!

OLYMPE. Mais venez donc, ma chère, on vous attend.

MARIE. Me voici, ma sœur. Adieu, Gilberte!

GILBERTE. Adieu, Marie!

MARIE, bas. Je vais tâcher de revenir. (Elle sort avec ses sœurs.)

SCÈNE V

GILBERTE, JEAN.

GILBERTE. Oh! oui, je sens que je l'aime déjà, cette jeune fille, et la sympathie soudaine qui a rapproché nos cœurs se changerait vite en amitié durable!

JEAN. Ces grandes dames sont oublieuses, et dès demain peut-être elle ne se souviendra plus de vous.

GILBERTE. Oh! je suis sûre que si!

JEAN. Vous avez eu tort de lui dire votre nom, votre demeure.

GILBERTE. Croyez-vous donc qu'elle soit à redouter pour nous?

JEAN. La mission que j'ai à remplir me fait de la défiance un devoir, et puis, il faut bien que je vous le dise, j'ai le cœur obsédé de mauvais pressentiments.

GILBERTE. Vous, mon ami!

JEAN. Oui, depuis quelques jours, surtout!... Nous avons pu quitter la Flandre et faire ce long voyage sans attirer l'attention, et il y a déjà un mois que nous sommes à Paris, sans avoir été inquiétés. Je crains pourtant que cette sécurité ne soit qu'apparente, et j'ai cru voir parfois rôder autour de l'hôtellerie des hommes d'allure mystérieuse... qui ont éveillé en moi les craintes dont je vous fais part!... craintes chimériques.. je le souhaite... mais qui m'ont décidé néanmoins à cacher ailleurs que dans ma chambre le précieux coffret que nous avons apporté avec tant de précautions.

GILBERTE. Oui, et maintenant, il est enfoui là, au pied du chêne du roi..

JEAN. Ainsi, vous vous rappelez bien l'endroit?

GILBERTE. J'irais les yeux fermés, je vous le répète.

JEAN. Et si je mourais avant d'avoir accompli ma tâche?

GILBERTE. Oh! ne dites pas cela!

JEAN. Si je mourais, je n'aurais pas à craindre pour vous la perte de ce coffret, qui contient à la fois les souvenirs du passé, les espérances de l'avenir; de ce coffret où sont renfermées les suprêmes volontés de mon maître...

GILBERTE. De celui dont j'ignore encore le nom et qui, s'il eût vécu, m'aurait appelé sa fille.

JEAN. De celui qui est mort comme un martyr!

GILBERTE. Oh! vous êtes cruel de ne pas me dire son nom si cher.

JEAN. Taisez-vous! Je crains de le prononcer même en rêve.

GILBERTE. En rêve, dites-vous... C'est étrange... souvent, bien souvent, pendant mon sommeil, je vois se dérouler devant moi comme un passé confus... un lac avec des cygnes, un horizon de prairies, des tourelles à travers les arbres... de grands arbres pareils à ceux-ci... On me regarde en souriant... on me berce avec une ballade, on ferme mes yeux avec des baisers.... Puis, tout change, tout s'assombrit... C'est comme une tempête qui éclate!.. des clameurs, des coups de feu, le cliquetis des armes... une vaste chambre avec un prie-Dieu... des meubles brisés, des taches de sang, des cadavres... et sur tout cela les rouges lueurs de l'incendie... Et puis plus rien... Je m'éveille et je pleure!

JEAN. Pauvre enfant! ce n'est point un rêve, c'est un souvenir.

GILBERTE. Un souvenir?

JEAN. Et ceux qui sont morts, nous les vengerons bientôt.

GILBERTE. Ainsi, mon père, ma mère, tous les miens...

JEAN. Vous aviez quatre ans à peine lorsque s'abattit sur la demeure de votre famille une troupe de gens de guerre commandée par un homme dont les traits sont demeurés gravés là... Cet homme déchaîna sur le château le massacre, le pillage, l'incendie... Couvert de blessures, j'avais pu me traîner vers mon maître expirant, et, avec son dernier soupir, recevoir ses dernières volontés! Dieu me donna ensuite la force de vous enlever de votre berceau et de vous emporter, à travers les flammes, jusqu'à la pauvre maison où vous avez grandi sans que personne soupçonnât votre nom!

GILBERTE. Et ce danger qui me menaçait alors me menace donc toujours?

JEAN. Il vous menacera jusqu'au moment où vous aurez pu accomplir l'ordre de votre père.... vous vous en souvenez, Gilberte?

GILBERTE. Oui, il exige que je me présente au roi de France, appuyée sur le bras d'un homme loyal, courageux, dévoué, et le roi de France devra ouvrir lui-même le mystérieux coffret que je remettrai dans ses mains...

JEAN. Gilberte, aujourd'hui que vous avez seize ans accomplis, voulez-vous que je sois cet homme?

GILBERTE. Pourrais-je trouver un bras plus ferme, un cœur plus dévoué?...

JEAN. C'est bien... Avant huit jours nous serons aux pieds du roi... Il se fait tard... retournons à Paris.

GILBERTE. Allons...

SCÈNE VI

LES MÊMES, LE ROI, puis MARIE.

LE ROI, à part. Me voilà parfaitement égaré... Je ne reconnais plus du tout ma route.. (Apercevant Gilberte et Jean.) Ah! braves gens... où se trouve le rendez-vous de la chasse royale?...

JEAN. De ce côté, monseigneur...

LE ROI. Merci. (Jean s'éloigne avec Gilberte.) Tous les gentilshommes de ma cour sont tellement empressés de monsieur de Mazarin, que pas un ne s'est aperçu sans doute de l'absence du roi. Il y a une heure déjà que mon cheval m'a emporté loin de mes compagnons de chasse et le pauvre animal est tombé mort dans le fourré... Moi, je suis brisé d

fatigue, et je me reposerais volontiers quelques instants...

MARIE, entrant, à part. A quelle hôtellerie m'a-t-elle dit qu'était sa demeure? Je l'ai déjà oublié.

LE ROI, à part. Mais on doit être d'une inquiétude sur mon compte... Il faut que j'aille vite rassurer tout ce monde. (Il se trouve en face de Marie.)

MARIE, étouffant un cri. Ah!...

LE ROI, à part. La charmante personne! (Haut.) Pardon, mademoiselle... vous seriez-vous égarée dans le bois de Vincennes?

MARIE. Non, monsieur... mais je cherchais...

LE ROI. Quelqu'un?

MARIE. Une jeune fille que je croyais retrouver ici...

LE ROI, à part. Je ne connais pas ce visage. (Haut.) Vous êtes sans doute de la cour, mademoiselle?

MARIE. Mais... oui, monsieur... et vous?

LE ROI. Moi?.... Moi aussi. (A part.) Elle ne me connaît pas non plus. (Haut.) Figurez-vous, mademoiselle, que je m'étais sottement perdu dans la forêt et que je ne savais plus comment retrouver le rendez-vous de chasse...

MARIE. Moi, je l'ai quitté il n'y a qu'un instant.

LE ROI. Et... vous allez y retourner?

MARIE. Oui, monsieur.

LE ROI. Serez-vous assez bonne pour me servir de guide?

MARIE. Mais, monsieur...

LE ROI. C'est que je bénirais alors tout à fait l'aventure qui m'a séparé de la chasse... me permettez-vous, mademoiselle, de vous offrir mon bras?

MARIE. Mais, je ne sais... j'hésite... et... on me blâmerait peut-être...

LE ROI. Vous blâmer!... Ah! je vous jure bien que personne ne l'oserait, personne... pas même le roi!

MARIE. Le roi!

LE ROI. Qu'avez-vous? On dirait que ce nom vous fait pâlir...

MARIE. Oh! c'est que ce nom réveille toutes mes terreurs!

LE ROI. Vos terreurs?

MARIE. Je dois être présentée aujourd'hui même à Sa Majesté.

LE ROI. Vous êtes mademoiselle Marie de Mancini?

MARIE. Oui, monsieur!

LE ROI. La nièce du cardinal Mazarin ne peut être que bien accueillie à la cour de France, et le roi sera certainement très-heureux de vous souhaiter la bienvenue... De quoi souriez-vous?

MARIE. De l'obligeance que vous mettez à répondre de Sa Majesté Louis XIV.

LE ROI. Je ne me rétracte pas une seule de mes paroles... je réponds de lui... comme de moi.

MARIE. On le dit si imposant!

LE ROI. Lui?

MARIE. Si majestueux!

LE ROI. Lui?

MARIE. Si terrible, parfois!...

LE ROI. Lui?... Bon Dieu, mademoiselle, qui donc vous a fait du roi ce portrait-là?...

MARIE. Ce sont mes sœurs!

LE ROI. Ah!... ce sont... vos sœurs?...

MARIE. Je crains de ne pas supporter son regard, de ne rien trouver à lui dire, et de ne pas même savoir faire la révérence qui convient.

LE ROI. Vous vous en acquitterez à merveille.

MARIE. Vous croyez?...

LE ROI. J'en suis sûr!...

MARIE. Voyons, monsieur, est-ce que c'est vraiment si difficile d'être présentée?

LE ROI. Mais du tout, mademoiselle, c'est ce qu'il y a de plus simple au monde.

MARIE. Enfin, monsieur, vous qui êtes de la cour... car vous m'avez dit que vous en étiez...

LE ROI. Moi? Oui... un peu...

MARIE. Vous devez savoir comment les choses se passent d'ordinaire.

LE ROI. Si je le sais!

MARIE. Vous avez dû assister quelquefois à ces cérémonies.

LE ROI. A toutes... Tenez, voulez-vous que je vous donne une leçon?

MARIE. Mais... je veux bien! Oui, tout de suite.

LE ROI. Voyons... Il faut supposer d'abord une chose.

MARIE. Laquelle?

LE ROI. C'est que je suis le roi.

MARIE. Oui, supposons...

LE ROI. Donc, je suis le roi?

MARIE. Vous êtes le roi!

LE ROI. Je me tiens debout, ainsi, front découvert comme il sied devant les dames. La cour est assemblée et forme le cercle... Son Éminence vous amène à trois pas de moi... du roi, bien entendu.

MARIE. Oui, oui, du roi!

LE ROI. Alors, vous faites une belle révérence.

MARIE. Je suis sûre que je serai gauche.

LE ROI. Essayez.

MARIE. C'est disgracieux, n'est-ce pas?

LE ROI. C'est adorable, au contraire.

MARIE. Ah! oui, mais vous n'êtes pas le roi, et, devant lui, je me mettrai à trembler de toutes mes forces.

LE ROI. Eh bien, alors, le roi, le terrible roi, vous prendrait doucement la main comme je vous la prends, et il vous dirait comme je vous le dis: Mademoiselle Marie de Mancini, soyez la bienvenue à notre cour que vous allez embellir et charmer.

MARIE. Et tout sera fini?

LE ROI. Tout sera fini...

MARIE. Ah! quel dommage que vous ne soyez pas le roi?

LE ROI. Pourquoi, dommage?...

MARIE. Parce que, vous ne me feriez pas peur, du tout, vous!...

LE ROI. Vous verrez que Louis XIV n'est pas plus effrayant que moi! (Maurevert entre avec une partie de la cour et les nièces de Mazarin.)

SCÈNE VII

LES MÊMES, MAUREVERT, OLYMPE, MARIANNE, HORTENSE, suite de DAMES et de GENTILSHOMMES.

MAUREVERT. Le roi, messieurs, voici le roi!

MARIE. Que disent-ils?

MAUREVERT. Ah! sire, nous ne savions que penser, et l'inquiétude était devenue générale; mais, grâce à Dieu, nous vous retrouvons sain et sauf!...

LE ROI. Nous n'avons couru aucun danger, je vous l'atteste.

MARIE. Le roi!... C'était le roi! (S'inclinant.) Ah! Sire!

LE ROI, à voix basse. Bien, très-bien... le maître est content de son élève.

MARIE. Sire... c'est à vos genoux.

LE ROI, la retenant avec un sourire. Non... cela n'est pas dans la leçon... Relevez-vous, je vous en prie, car je serais trop malheureux de ne vous inspirer que de la crainte (Jetant un regard sévère sur Olympe et Hortense.) et je croirais qu'on a pris plaisir à vous faire de nous un portrait menaçant...

OLYMPE, à part. Que s'est-il donc passé?

HORTENSE, de même. Que signifie?

LE ROI. Messieurs, mademoiselle Marie de Mancini est présentée, et en donnant à notre cour un nouvel éclat, monsieur de Mazarin, à qui nous devons tant, augmente encore notre dette d'affection et de reconnaissance...

HORTENSE, bas à Olympe. C'est plus qu'une présentation!

OLYMPE, de même. C'est un triomphe!...

LE ROI, à Marie. Hésiterez-vous encore à prendre le bras que j'ose vous offrir?...

MARIE. Ah! sire... pardonnez-moi... je suis si confuse... si troublée...

LE ROI. Est-ce encore de la peur?

MARIE. Je crois que non, sire!

LE ROI. Merci!... Venez donc, mademoiselle, venez rassurer Son Éminence. . Partons, messieurs.

MARIANNE, à part. Elles enragent, mes bonnes petites sœurs... Tant mieux.

TOUS. Vive le roi!... (Tout le monde sort, excepté Maurevert et quelques officiers qui se sont rapprochés de lui sur un signe.)

UN OFFICIER. Avez-vous des ordres à nous donner, monsieur de Maurevert?

MAUREVERT. J'ai à vous dire, messieurs, qu'il faut redoubler de zèle et de dévouement pour le service du cardinal, auquel nous sommes dévoués corps et âme, n'est-ce pas?...

TOUS. Corps et âme!

MAUREVERT. Eh bien, messieurs, le parti des princes s'agite de nouveau, la Fronde ose relever la tête et les vieilles factions cherchent à renouer leurs tronçons épars!... Redoublons de zèle et d'efforts, je le répète, contre l'ennemi commun, puisque la fortune du maître est la nôtre!... Puis-je compter sur vous?

L'OFFICIER. Oui, oui!...

MAUREVERT. C'est bien! Au revoir, messieurs...

L'OFFICIER. Au revoir, capitaine. (Les officiers sortent. Jean, qui est entré sans être vu de personne, observe Maurevert avec persistance.)

SCÈNE VIII

MAUREVERT, JEAN, puis GILBERTE.

MAUREVERT, à part. C'est leur intérêt de m'aider... ils m'aideront !... Ah ! la tâche est rude par instants, mais je ne faiblirai pas. Ils me détestent, ces mécontents ; ils m'abhorrent, ces rebelles ; mais je jure Dieu que je saurai défendre à tout prix cette richesse, ce pouvoir que j'ai su conquérir, et puisque le sang a déjà coulé sur ma route, il peut y couler encore. (Il va pour sortir et se trouve en face de Jean.)

JEAN. Ah !

MAUREVERT. Qu'y a-t-il ?...

JEAN. Mais c'est lui ! c'est bien lui !...

MAUREVERT. Que me voulez-vous ?... Je ne vous connais pas...

JEAN. Je vous connais, moi... et si j'ignore votre nom, j'ai déjà vu votre visage.

MAUREVERT. Eh ! que m'importe ?

JEAN. Un instant !...

MAUREVERT. Comment !... tu oserais !...

JEAN. Tout !

MAUREVERT. Mais qui es-tu donc, enfin ?

JEAN. Je suis le dernier survivant du massacre de Ferias.

MAUREVERT, avec un cri. De Ferias !

JEAN. Ah ! je savais bien que c'était lui !... Et toi, toi, tu es le chef des assassins qui ont envahi le château et en ont égorgé les maîtres.

MAUREVERT. Mensonge ! folie !

JEAN. Tu étais masqué durant cette nuit sinistre ; mais dans sa lutte désespérée, le châtelain de Ferias t'a arraché ton masque, et j'ai pu voir ton visage à la lueur de l'incendie.

MAUREVERT. Et, en admettant que ce conte fût vrai, que je fusse l'homme en question, que prétendrais-tu faire ?

JEAN. Accomplir l'œuvre que je poursuis depuis longtemps : le châtiment de ce crime infâme.

MAUREVERT. Prends garde, il y aurait peut-être imprudence à toi !

JEAN. Parce que tu es puissant, n'est-ce pas ?... mais, si puissant que tu te supposes, si puissants que soient aussi tes complices, je te délie d'échapper à cette main faible en apparence, mais forte par le devoir et par la justice !

MAUREVERT, à part. Ah ! cet homme peut me perdre !

JEAN. Je m'attache à toi, je ne te quitte plus, je vais te dénoncer à tous, et le roi qui va tout savoir...

MAUREVERT. Silence ! laisse-moi !

JEAN. Le roi vengera les morts !

MAUREVERT. Te tairas-tu, démon !

JEAN. Non ! j'appellerai ! je crierai ! à moi ! à moi !

MAUREVERT, le poignardant. Meurs donc aussi !

JEAN. Ah ! misérable ! (Il tombe.)

MAUREVERT. A moi le secret, maintenant, à moi l'impunité... (Il s'éloigne rapidement à travers les arbres.)

JEAN, cherchant à se soulever. Ma vue se trouble... le sang m'étouffe... Gilberte !... Qui la protégera ?... qui l'aimera ?... Gilberte, ma Gilberte...

GILBERTE, accourant. C'est sa voix ! c'est lui !... Ah !

JEAN. Je meurs assassiné... par l'homme qui vous a faite orpheline... Le coffret... Souvenez-vous... souvenez-vous... Ah !..

GILBERTE, à genoux. Mort ! il est mort !... et je suis seule ! mon Dieu ! seule au monde ! (Fanfares de chasse très-éloignées.)

ACTE DEUXIÈME

DEUXIÈME TABLEAU

La grande salle de l'hôtellerie de l'Éperon d'or. — Au fond, porte et devanture vitrées ; à droite, une fenêtre ; à gauche, la spirale d'un escalier visible seulement pour le spectateur.

SCÈNE PREMIÈRE

MAUREVERT et plusieurs officiers à une table à droite ; à une autre table, à gauche, DE LONGUEVAL, DE VIVONNE, DE VARDES, DE CHAULNES.

DE VIVONNE. Non, messieurs, non, la haine des princes ne suffit plus à M. de Mazarin, il veut aussi conquérir celle de toute la noblesse de France... L'exil des princes ne rassure pas M. de Mazarin, il lui faut encore l'exil ou l'incarcération de tous les gentilshommes de la cour dont le front ne se courbe pas devant son merveilleux génie !...

DE VARDES. Si M. de Mazarin tient à embastiller tous ceux qui ne l'aiment pas, il sera bientôt seul au Louvre...

DE LONGUEVAL. Seul à Paris, en France, même !

DE VARDES. C'est vrai !... on ne lui connaît pas un ami.

MAUREVERT. Pardonnez-moi, messieurs... il en compte au moins un... Jacques de Maurevert, son capitaine des gardes... qui a l'honneur de vous saluer et qui vous engage à conspirer un peu moins haut.

DE VIVONNE. Mille remercîments, monsieur de Maurevert, nous profiterons certainement de votre aimable conseil, et quand il nous plaira de dire que M. de Mazarin amasse denier sur denier, et ruine la France au profit de sa cassette ; quand il nous conviendra de crier qu'il comble de fortune et d'honneurs les Mazarinettes et qu'il les allie de force aux plus grands noms de France ; quand il nous plaira enfin de déclarer que M. de Mazarin sème la discorde à l'intérieur et la honte au dehors, nous le dirons assez bas pour que vous ne puissiez pas l'entendre, monsieur le capitaine des gardes.

MAUREVERT. Et, bien vous en prendra, messieurs, car nous ne serons peut-être pas toujours d'humeur aussi clémente qu'aujourd'hui...

DE VIVONNE. Ah ! M. de Mazarin permet que l'on dise... aujourd'hui... tout le bien qu'on pense de lui ?

MAUREVERT. Parlez tant qu'il vous plaira ; mais je vous avertis que si l'action succède aux paroles, j'ai des ordres sévères.

DE VARDES, buvant. A la santé des princes, messieurs !...

TOUS. A leur santé !

MAUREVERT. Nous nous reverrons, messieurs... (Il va pour sortir, Pimentel, déguisé en mendiant, s'est approché peu à peu et l'arrête en lui demandant l'aumône.)

SCÈNE II

MAUREVERT, PIMENTEL, MARCASSAR.

PIMENTEL. La charité, s'il vous plaît ?...

MAUREVERT. Au diable !

PIMENTEL. La... cha... rité...

MAUREVERT. Cette voix... (Étouffant un cri.) Vous ici, monseigneur !... (Il le mène à l'écart.)

PIMENTEL. Silence ! (Marcassar entre le nez au vent et circule de table en table, de groupe en groupe.)

MARCASSAR. Eh ! garçon ! la fille ! du vin !...

LE GARÇON. Voilà, monsieur... (Il sort.)

MARCASSAR, à part. Hum ! ça sent la conspiration à plein nez dans la taverne de l'Éperon d'Or... Je crois que je suis sur une piste et que je flaire quelque chose... (Son attention se trouve attirée par le mendiant et Maurevert, desquels il se rapproche insensiblement.)

PIMENTEL, bas à Maurevert. Je ne vous ai pas vu ce matin, monsieur de Maurevert ; j'avais à vous parler.

MAUREVERT. Le service de M. de Mazarin m'a retenu... mais je serai libre cette nuit.

PIMENTEL. Trouvez-vous donc vers deux heures à la petite maison de Ville-d'Avray... Rien de nouveau, du reste ?...

MAUREVERT. Rien... Mazarin est plus furieux que jamais... La guerre que nous soutenons contre l'Espagne, n'est pas de nature à calmer Son Éminence, et vous seriez perdu si le cardinal soupçonnait votre présence à Paris...

PIMENTEL. Qui la lui apprendrait, monsieur de Maurevert ?

MARCASSAR, les observant. Qu'est-ce que c'est que ça ?...

MAUREVERT. Mazarin a tant d'espions ! (Apercevant Marcassar.) Prenez garde ! (Haut et jetant une pièce dans le chapeau du mendiant.) Tiens, paresseux !

PIMENTEL. Que Dieu vous récompense, mon bon seigneur !

MARCASSAR, à part. Tiens ! M. de Maurevert qui fait l'aumône, c'est bien invraisemblable !

PIMENTEL, bas à Maurevert. A cette nuit !

MAUREVERT, bas aussi. A cette nuit.

MARCASSAR, à part. Ils se sont parlé bas !...

PIMENTEL, à Marcassar. La charité, s'il vous plaît...

MARCASSAR. Passe ton chemin, l'ami. (Avec intention.) Je n'ai pas d'argent d'Espagne. (A part.) Il a tressailli... c'est un Espagnol. (Pimentel s'éloigne.) Ah ! monsieur de Maurevert, je ne m'attendais pas à vous trouver ici.

MAUREVERT, aux officiers. Allez, messieurs... je vous rejoins. (Ils sortent.) Et pourquoi je vous prie, monsieur Marcassar ?

MARCASSAR. Parce qu'il y a tumulte devers la Bastille, et que je croyais que votre service vous y réclamait... voilà...

MAUREVERT. Il paraît que votre service, à vous, monsieur Marcassar, vous appelle à la Taverne de l'Éperon d'Or...

MARCASSAR, riant. Oui, monsieur, mon service et mon amour.

MAUREVERT, riant. Monsieur Marcassar est amoureux ?

MARCASSAR. Oh ! oui, bien amoureux, monsieur ; aussi, quand Son Éminence m'a donné l'ordre de venir voir ce qui se passe dans le quartier du pont au Change, je lui ai demandé la permission de surveiller particulièrement, très-particulière-

ment, l'hôtellerie de l'*Éperon d'Or*, parce que c'est à cet *Éperon* qu'elle respire!...

MAUREVERT. C'est... à cet *Éperon*... qu'elle...

MARCASSAR. Oui, elle demeure à l'*Éperon d'or*, mon adorée!

MAUREVERT. De sorte que vous conduisez de front l'amour et les petits rapports à Son Éminence.

MARCASSAR. Oui, monsieur : le cœur d'un côté et le dévouement de l'autre.

MAUREVERT. Et c'est pour mieux remplir vos honorables fonctions, sans doute, que vous prenez ce petit air...

MARCASSAR. Bête... Allez... ce petit air bête, n'est-ce pas?...

MAUREVERT. Oui.

MARCASSAR. Je ne le prends pas, monsieur, je l'ai naturellement.

MAUREVERT. Ah!

MARCASSAR. Et ça m'est très-utile, parce qu'au fond je suis très-spirituel.

MAUREVERT. Vraiment?

MARCASSAR. Et malin donc!... Mais grâce à mon air...

MAUREVERT. Bête!...

MARCASSAR. Bête, si vous voulez... On ne se méfie pas... et je peux rendre toutes sortes de services à notre grand Mazarin.

MAUREVERT. Vous lui êtes donc bien dévoué?

MARCASSAR. On le serait à moins, après le service qu'il m'a rendu...

MAUREVERT. Quel service?

MARCASSAR. Il m'a sauvé la vie, monsieur!

MAUREVERT. Lui?

MARCASSAR. Oui, monsieur, un jour que j'avais été pendu.

MAUREVERT. Pendu?

MARCASSAR. Oui, monsieur, pour un crime que j'avais commis.

MAUREVERT. Un crime!... vous avez commis...

MARCASSAR. Un crime atroce... au dire de la loi... j'avais tué...

MAUREVERT. Qui?...

MARCASSAR. Un lapin.

MAUREVERT. Ah! j'entends... Crime de braconnage... Oui, pendu... c'est la loi.

MARCASSAR. Je venais donc de l'être... pendu... haut et court, ma foi, lorsque M. de Mazarin vint à passer par là, et il paraît que je faisais en l'air une si drôle de figure, que je gigotais si plaisamment en tirant la langue, que Son Éminence se sentit prise d'une joie folle et se mit à rire comme elle ne l'avait pas fait depuis longtemps. Et en récompense de cet instant de plaisir que je venais de procurer, sans le vouloir, à notre grand ministre, il ordonna de me dépendre et me prit à son service. Je suis gouverneur de ses singes et instituteur de messieurs ses perroquets; je leur montre ma langue... Enfin, il me comble de bienfaits... Aussi, depuis ce jour-là, je lui ai juré un dévouement à toute épreuve. Pour lui il n'y a rien que je ne fasse; mon plus grand désir, c'est de le voir content, heureux... Et puis, j'ai toujours peur quand je le vois triste, parce que je me dis : S'il allait se rappeler l'accès de folle gaieté que je lui ai procuré en gigotant là-haut et qu'il voulût se régayer un peu par le même moyen, c'est que ça ne ferait pas du tout mon affaire!

MAUREVERT. Soyez sans crainte, il n'y songe pas.

MARCASSAR. Je l'espère.

MAUREVERT. Et puisque vous tenez à le bien servir, sachez que nous avons besoin pour raffermir notre crédit auprès du roi, d'une petite... émotion populaire que je suis chargé de réprimer. Vous, monsieur Marcassar, soufflez adroitement le feu qui s'allume.

MARCASSAR. Soyez tranquille, je braillerai avec les braillards.

MAUREVERT. C'est bien. Nous nous retrouverons au palais Mazarin. (Il sort.)

MARCASSAR, s'éloignant. C'est égal, rien ne m'ôtera de l'idée que son mendiant était un Espagnol (Violent tumulte au dehors, une foule bruyante envahit l'hôtellerie.)

SCÈNE III

MARCASSAR, DE VIVONNE, THIBAUT, FEMMES DU PEUPLE, MAITRE CLAUDE, PEUPLE, GENTILSHOMMES.

DE VIVONNE. Je vous dis que si vous tolérez cela, vous êtes des lâches!

MAITRE CLAUDE. Permettez, monsieur, permettez...

DE VIVONNE. Des esclaves!...

MAITRE CLAUDE. Permettez, messieurs, permettez... Ceci est une hôtellerie, l'hôtellerie de l'*Éperon d'Or*, où l'on boit, mange et loge à pied et à cheval, et non la place publique où l'on conspire et vocifère.

DE VIVONNE. Allez vous promener, maître Claude!...

MARCASSAR. Qu'y a-t-il donc, braves Parisiens, honnêtes Parisiens?

UNE FEMME. Ce qu'il y a, mon petit homme? Encore de nouveaux impôts!

MARCASSAR. Ah! c'est infâme!

TOUS. Oui, oui!

THIBAUT. De nouveaux exils!

MARCASSAR. Ah! c'est horrible!

TOUS. Oui, oui!

DE VIVONNE. Et des gibets tout neufs à Montfaucon!...

MARCASSAR. Des gib... (A part.) Ah! quand on parle de gibet... je me sens... comme une corde autour du cou... (Haut.) Mais est-ce bien certain, monsieur?

DE VIVONNE. Si c'est certain! (Son de trompe.) Écoutez plutôt le crieur qui passe là.

TOUS. Écoutons! écoutons!

LE CRIEUR, au dehors. Habitants de la bonne ville de Paris...

MARCASSAR. Il faut le pendre! c'est un misérable!

TOUS. Oui! oui!

DE VIVONNE. Tout à l'heure. Écoutons d'abord.

VOIX DIVERSES. Il a raison... Silence, silence!

LE CRIEUR. Au nom du roi...

TOUS. Vive le roi!

LE CRIEUR. Et par ordonnance de M. de Mazarin...

MARCASSAR. A bas Mazarin!

TOUS. A bas Mazarin!

DE VIVONNE. Taisez-vous!... Laissez le parler!

MARCASSAR, à maître Claude. Mais silence, donc! on n'entend que vous!

MAITRE CLAUDE. Moi! mais, c'est...

QUELQUES VOIX. Silence, silence!

LE CRIEUR. Une nouvelle contribution payable sous peine de la hart est établie sur les farines, à raison de six deniers par sac.

MARCASSAR. Assez! assez! On veut nous affamer, on veut nous ruiner. A bas Mazarin!

TOUS. A bas Mazarin!

MARCASSAR, à part. Comme je te sers!... O mon bienfaiteur! (Haut.) Vive la Fronde! et à l'eau le crieur!

TOUS. A l'eau le crieur!

MAITRE CLAUDE, revenant à la charge. Messieurs, messieurs, au nom du ciel, messieurs! (Il veut les arrêter, on le repousse de nouveau. Tous sortent, excepté maître Claude.) Les enragés! Quel vacarme! mais m'en voilà débarrassé, et je respire enfin. (Nouveau tumulte au dehors.) Qu'est-ce encore?... Comment!... un cavalier... un homme qui entre à cheval dans ma cuisine... (Bruit de vaisselle cassée.) et qui piétine sur ma vaisselle!... Mais il casse tout, le misérable!

SCÈNE IV

HECTOR, MARTINOZZI, MAITRE CLAUDE, GILBERTE
ET DEUX FEMMES.

HECTOR, portant Gilberte évanouie. Place! place! (Il met Gilberte dans un fauteuil.) Secourez vite cette pauvre femme qui allait être étouffée dans la bagarre, si je ne l'avais saisie à bras-le-corps et enlevée sur mon cheval!... (Aux femmes qui la secourent.) Doucement donc... doucement... c'est si frêle, si délicat! (Il la met dans un fauteuil.)

MAITRE CLAUDE, furieux. Monsieur!

HECTOR. Monsieur?

MAITRE CLAUDE. Me direz-vous de quel droit vous êtes entré à cheval dans ma cuisine?

HECTOR. Rien de plus simple, monsieur. Votre enseigne porte... On loge à pied et à cheval... donc nous sommes entrés, ma bête et moi.

MAITRE CLAUDE. Mais, monsieur...

HECTOR. Et si, par hasard, ce n'est pas ici l'écurie...

MAITRE CLAUDE. Comment... par hasard!

HECTOR. Qu'on y conduise ma bête. Allez! allez! Eh bien, et la belle jeune fille! Ah! Dieu soit loué! voilà qu'elle a repris connaissance.

MAITRE CLAUDE, regardant Gilberte. Bonté divine! c'est ma première servante.

HECTOR, à part. Une servante! J'espérais mieux... Après tout, ça ne l'empêche pas d'être charmante.

MAITRE CLAUDE. Oui, elle va tout à fait mieux. (Se rapprochant d'Hector.) Quand je dis ma servante... c'est elle qui a voulu à toute force se rendre utile...

HECTOR. Vous dites?...

MAITRE CLAUDE. C'est une voyageuse qui nous est venue un jour avec son père, je crois; l'homme est mort, la pauvre abandonnée est restée avec nous... et c'est bien contre mon gré qu'elle sert les voyageurs... Eh bien, comment ça va-t-il, demoiselle Gilberte.

GILBERTE. Je suis mieux, beaucoup mieux... je vous remercie... (Les femmes sortent.) Me voilà toute prête à reprendre mon service.

MAITRE CLAUDE. Du tout... plus tard.

HECTOR, à part. Qu'elle est jolie !... Je savais bien que ces yeux-là n'appartenaient pas à une fille d'hôtellerie. (A maître Claude.) Eh bien, que faites-vous là ?

MAITRE CLAUDE. Moi, je...

HECTOR. Ne voyez-vous pas que je meurs de soif !...

GILBERTE. Vous allez être servi.

HECTOR. Par vous ?

GILBERTE. C'est bien le moins, après ce que vous avez fait pour moi. (Elle sort.)

HECTOR, à maître Claude. Et vous la laissez faire !... Mais allez donc, et apportez-moi tout de suite une bouteille de votre meilleur vin... Allez donc.

MAITRE CLAUDE. J'y cours, monsieur, j'y cours... Et ma vaisselle, monsieur, ma pauvre vaisselle ?...

HECTOR. Faites vos réclamations à mon cheval, mais il rue.

MAITRE CLAUDE. Il rue !

HECTOR. Je vous en avertis, et il mord... Entendez-vous... il mord.

MAITRE CLAUDE, sortant. Il mord !...

SCÈNE V

GILBERTE, HECTOR.

GILBERTE, entrant avec une bouteille. Voilà, mon gentilhomme !

HECTOR. Servi par vous ?... Oh !

GILBERTE, tristement. Ne suis-je pas une fille d'hôtellerie ?

HECTOR. Non !... Je sais quel malheur vous a réduite à cette condition, et il ne tiendra pas à moi que vous en sortiez.

GILBERTE. Je vous remercie de vos bonnes intentions, mais je ne crois pas que vous puissiez rien pour moi.

HECTOR. Vous dites cela à cause de mon habit un peu... défraîchi... mais...

GILBERTE. Oh ! non, ce n'est pas pour cela ; mais quoi qu'il arrive, et dussions-nous ne pas nous revoir, la pauvre jeune fille que vous avez sauvée ne vous oubliera jamais !

HECTOR. Et moi, je jure Dieu de faire en sorte que nous nous revoyions... Car ce n'est pas seulement votre beauté, le charme de votre voix qui m'attirent vers vous, il y a dans votre regard une expression douce et tendre qui me rappelle le regard de ma bonne et chère Marie.

GILBERTE. Marie !... quelqu'un que vous aimez, sans doute ?

HECTOR. De toute mon âme !

GILBERTE, très-lentement. Ah !...

HECTOR. Comme une sœur !

GILBERTE, vivement. Ah ! (A part.) Elle s'appelait aussi Marie, celle que je n'ai pas revue.

HECTOR. C'était dans mon enfance !... Qu'il y a longtemps, mon Dieu !... Et cependant, je la vois encore... dans la campagne de Palerme... une villa, des fleurs, des courses dans l'herbe, des jeux sous les arbres, des rires d'enfants... et jusqu'à cette chanson que nous chantions ensemble et que je me rappelle toujours...

> Viens aux champs, Marie,
> Mener ton troupeau,
> La terre est fleurie
> Et le ciel est beau !
> Le vent dans les branches
> A des sons joyeux...
> Nous rirons tous deux
> En voyant les jeux
> De tes chèvres blanches !
> Viens, le ciel est beau,
> La terre est fleurie,
> Viens aux champs, Marie,
> Mener ton troupeau !...

GILBERTE. Tiens, c'est gentil !... Est-ce que c'est fini ?

HECTOR. Non ! il y a encore un second couplet, voulez-vous l'entendre ?

GILBERTE. Oh ! oui...

HECTOR.

> Les flots blancs d'écume
> Nous parlent de Dieu
> Et le volcan fume
> A l'horizon bleu !...
> L'abeille bourdonne
> Cherchant son trésor
> Dans les genêts d'or...
> Au loin tinte encor
> L'angélus qui sonne...

> Viens, le ciel est beau,
> La terre est fleurie,
> Viens aux champs, Marie,
> Garder ton troupeau !...

Qu'est-elle devenue, ma pauvre Marie ?... Morte... peut-être... pendant que je courais le monde, ferraillant à tort et à travers, servant tour à tour le diable et le bon Dieu ! comme un sacripant que je suis !

GILBERTE. Non !... je vous connais à peine, mais je suis sûre que vous êtes un brave cœur.

HECTOR. Brave !... Qui est-ce qui ne l'est pas, dans ce temps-ci ?...

GILBERTE. Est-ce que vous n'avez pas d'autre famille que cette cousine Marie ?

HECTOR. Si fait, j'ai entre autres parents un certain oncle... qui compte bien pour quelque chose... J'étais à guerroyer, au fond de l'Allemagne, lorsque le bruit vint à mes oreilles que cet oncle était arrivé au comble de la fortune et de la puissance.

GILBERTE. En vérité ?

HECTOR. Le bonhomme n'a jamais pensé à moi, c'est vrai, et il ne soupçonne pas même que j'existe ! mais je n'aurai qu'à me nommer pour être accueilli à bras ouverts... et alors, ma belle Gilberte, ce n'est plus en pourpoint de buffle, mais en habit de velours ou de soie que vous me reverrez à l'hôtellerie de l'Éperon d'or, et vous ne me direz plus, comme tout à l'heure... Merci de vos bonnes intentions, mais vous ne pouvez rien pour moi...

GILBERTE, gravement. Eh bien... il y a peut-être une chose que je vous demanderai !

HECTOR. Laquelle ? Parlez !

GILBERTE. Ce sera de me conduire au Louvre.

HECTOR. Au Louvre !

GILBERTE. Et de me présenter au roi !

HECTOR. Au roi ! vous !

GILBERTE. Alors, je vous dirai... je vous expliquerai... Maintenant ne me demandez rien de plus.

HECTOR. Comme il vous plaira, mon enfant. Quoi qu'il arrive, comptez sur moi.... (Gilberte s'éloigne vers le fond.) Ah çà ! maintenant que me voilà reposé et suffisamment lesté, il est temps de partir ! (Il reprend son épée et sa cape.) Quel effet ! quand les grands laquais de mon oncle ouvriront les deux battants de sa porte et annonceront le seigneur Hector Martinozzi !... Comme tous ces indifférents, qui ne font pas même attention à moi, me salueraient jusqu'à terre, si je daignais seulement leur dire : Vous avez devant vous le neveu du grand, de l'illustre, du tout puissant Mazarin !

VOIX, au dehors. A bas Mazarin !

HECTOR, haut. Hein ?... Qu'est-ce qu'ils crient donc là ?

GILBERTE. Ils crient : A bas Mazarin !

HECTOR, à part. Comment !... A bas mon... (Haut.) Ah çà, et pourquoi ?...

GILBERTE. Je ne sais pas, mais on crie ça tous les jours. (Elle sort.)

HECTOR. Tous les jours !...

SCÈNE VI

HECTOR, DE VIVONNE, DE LONGUEVAL, DE CHAULNES, DE VARDES, MARCASSAR.

DE VIVONNE et les gentilshommes. A bas Mazarin !...

HECTOR, à part. Encore !... mais ils vont m'échauffer les oreilles, à crier comme ça Abas mon oncle !... Voyons donc un peu. (Haut.) Messieurs !

DE LONGUEVAL. C'est à nous que vous en avez, monsieur ?

HECTOR. Oui, messieurs... Je suis étranger, j'arrive de fort loin, je visite Paris pour la première fois, et vous seriez fort gracieux de me donner quelques renseignements...

DE VIVONNE, avec défiance. Des renseignements ?... sur quoi, monsieur ?

HECTOR. Sur M. de Mazarin.

DE CHAULNES. Ah ! (Sa défiance redouble.) Sur M. de Mazarin ?

HECTOR. Oui, là, franchement, qu'est-ce que vous pensez de lui ?

DE VARDES. Mais, monsieur...

HECTOR. Voyons... la main sur la conscience.

DE VIVONNE. Eh ! vive Dieu ! ce qu'en pensent les honnêtes gens !

HECTOR. Fort bien, mais encore, qu'en pensent les honnêtes gens ?

MARCASSAR, bas aux gentilshommes. Prenez garde... c'est peut-être un espion.

HECTOR. Vous hésitez à répondre ?

DE LONGUEVAL. Oui, monsieur.

HECTOR. Et pourquoi ?

DE LONGUEVAL. Mais... parce que...

HECTOR. Eh bien?

MARCASSAR. Parce que Paris est tout plein d'espions, monsieur !

HECTOR, avec violence. Mille tonnerres!... (Se remettant.) Au fait, je n'ai pas le droit de me fâcher, vous ne me connaissez pas... Je suis soldat, messieurs, et un soldat n'a guère la mine d'un espion... Il y a de ces preuves qui sont nettement écrites sur la figure d'un homme... Regardez-moi bien en face, et vous conviendrez que je ne ressemble pas du tout à un... (Il désigne Marcassar.) à monsieur, par exemple.

MARCASSAR. Ah çà, mais, vous m'insultez, étranger... mais vous me devez des excuses.

HECTOR. Des excuses ou un coup d'épée... Je suis prêt à m'acquitter, monsieur. (Il porte la main à son épée.)

MARCASSAR. C'est bien, je vous fais crédit !

HECTOR. Comme il vous plaira... (Levant les épaules.) Braillard !...

MARCASSAR, à mi-voix. J'accepte ses excuses !

HECTOR. Revenons à Mazarin... J'espère que maintenant vous n'hésiterez plus à me répondre ?

DE VIVONNE. Non, monsieur !...

HECTOR. Merci ! Parlez donc !

DE VIVONNE. Depuis que l'homme de Sicile s'est abattu sur nous, tout va de mal en pis! il écrase de son luxe le souverain lui-même, et dans son palais, qui fait honte au Louvre, il y a de l'or jusques sur les mangeoires des chevaux !... Après avoir chassé ou emprisonné les princes, il a humilié les parlements, il a déchaîné la guerre civile et la guerre étrangère, il a compromis la reine, et opprimé, amoindri le roi ! Enfin, il n'aura pas de trêve qu'il n'ait poussé dans l'abîme la France tout entière !

HECTOR. Mordioux !...

DE VIVONNE. Voilà ce que c'est que Mazarin, monsieur !

HECTOR. Et vous souffrez cela ! et vous ne le mettez pas à la porte ! (A part.) Eh bien, qu'est-ce que je dis donc là ?.. Je suis un joli neveu, moi !

DE VIVONNE. Ma foi, monsieur, c'est ce que nous tentons de faire...

HECTOR. Ah! c'est ce que...

DE VIVONNE. Nous venons de houspiller de la bonne façon le capitaine de ses gardes et sa suite, et nous allons bientôt recommencer... voulez-vous être des nôtres?

HECTOR. Comment !... Moi, que je...

DE LONGUEVAL. Joignez-vous à nous pour renverser le Mazarin.

HECTOR, à part. Renverser le Mazarin... Eh bien, il ne manquerait plus que ça, par exemple !... Conspirer contre mon oncle!... Ce serait peut-être original... mais... décidément je ne le peux pas !

DE VIVONNE. Dites que vous acceptez !...

HECTOR. C'est impossible, chers messieurs, tout à fait impossible!

TOUS. Ah !

HECTOR. Je le regrette, croyez-le bien... je le regrette même beaucoup; mais, vous comprenez, je suis un étranger, moi, et puis... (A part) c'est mon oncle!... Eh bien, et la nature donc ! et la nature! (Une explosion de rumeurs se fait entendre et un peloton de gardes envahit rapidement la taverne.)

SCÈNE VII

Les Mêmes, MAUREVERT, Gardes.

MAUREVERT. Voilà ceux qui nous ont attaqués... (Aux gentilshommes.) Je vous avais avertis, messieurs; des paroles, vous en êtes venus à l'action... vous êtes mes prisonniers.

DE VIVONNE. Vos prisonniers? Pas encore, monsieur de Maurevert... Aux armes, messieurs!

TOUS. Aux armes!...

MARCASSAR. Aux armes!... (A part.) C'est l'instant de me tirer de la bagarre... (Il se cache sous une table.)

MAUREVERT. Rendez-vous, rendez-vous tous!

LES GENTILSHOMMES. Non! non !

MAUREVERT. Alors, sus aux rebelles!

HECTOR, intervenant. Permettez, monsieur l'officier, permettez... je dois faire exception.

MAUREVERT. Comment!

HECTOR. Je suis étranger, j'arrive de fort loin, et, comme je le disais tout à l'heure, vos querelles ne me regardent pas le moins du monde.

MAUREVERT. Allons, silence, et suivez mes hommes !

HECTOR. Diable! vous n'êtes pas poli... Il me semble pourtant qu'entre gens d'épée on se doit des égards.

MAUREVERT, aux soldats. Emparez-vous d'abord de celui-ci !

HECTOR. Ah! mais, dites donc, mon cher, si vous le prenez sur ce ton-là !

MAUREVERT. Emparez-vous de lui!

HECTOR. Vous emparer de moi, marouffles! vous prendriez plus facilement Belzébuth par les cornes !...

MAUREVERT. Allons! sus à l'ivrogne !

HECTOR. Ah! c'est ainsi! (Aux gentilshommes.) Eh bien, mordioux! messieurs, je suis des vôtres. (Il tire son épée et se place d'un bond à côté d'eux.)

LES GENTILSHOMMES. Vivat! vivat!...

HECTOR. Comment appelez-vous ces faquins à écharpes vertes?...

DE VIVONNE. Les gardes de Mazarin!...

HECTOR. Alors, rossons les gardes de M. de Mazarin.

LES GENTILSHOMMES. A bas Mazarin !

HECTOR. A bas Mazarin !... Ma foi tant pis!... ça y est!... bataille!... (Le combat s'engage avec fureur, les gardes sont repoussés. Hector et les gentilshommes les poursuivent dans la rue.)

MARCASSAR, seul. En voilà un enragé!... Qui diable ça peut-il être ?... Je n'ai rien attrapé, Dieu merci, mais je ferai bien de déguerpir au plus vite. (Voyant entrer Gilberte.) Quelqu'un... Attendons encore... Tiens, c'est mademoiselle Gilberte, l'objet de mon amour !

SCÈNE VIII

MARCASSAR, GILBERTE, puis HECTOR.

GILBERTE, regardant au fond. Que c'est beau le courage!...

MARCASSAR, à part. Le courage! Ah! ce n'est pas à moi qu'elle pense.

GILBERTE. Protégez-le, Seigneur, et vous, ma mère, priez dans le ciel pour lui qui m'a sauvée.

MARCASSAR, à part. De qui diable parle-t-elle? (Hector rentre dans la taverne, essoufflé, échevelé, sans chapeau, les habits en désordre; il referme vivement la porte.)

GILBERTE, à part. Lui!

MARCASSAR, à part. Qui ça, lui?... Tiens! c'est le démon de tout à l'heure.

HECTOR. Allons! ils se battent bien, les gardes de mon oncle! mais me voilà tout seul, et ce n'est plus un combat que je vais avoir à soutenir, c'est un siége... Eh bien, alors, barricadons-nous!... (Il se met à entasser les meubles contre la porte.)

MARCASSAR, à part. Pourvu qu'il ne s'avise pas de prendre ma table!... (Des coups de feu retentissent, les vitres de la devanture volent en éclats autour d'Hector.)

HECTOR, riant. Patatras!... (Gilberte a jeté un cri et s'est élancée à ses côtés.) Qu'est ce que vous faites là ?...

GILBERTE. Vous n'êtes pas blessé!

HECTOR. Non, il n'y a de blessé que les vitres de maître Claudel... Maintenant, petite, allez-vous-en bien vite... (Nouveaux coups de feu.) Mais allez donc vous-en! (Il se place devant elle.) Vous allez vous faire tuer, mille tonnerres!

GILBERTE. Je ne sortirai d'ici qu'avec vous!

HECTOR. Qu'est-ce que vous dites?

MARCASSAR, à part. Oui, qu'est-ce qu'elle dit donc?...

GILBERTE. Je dis que la lutte est inutile, que vous allez être écrasé sous le nombre ou fait prisonnier; que d'une façon ou de l'autre, c'est la mort, et que je ne veux pas que vous mouriez.

HECTOR. Gilberte!

MARCASSAR, à part. Qu'est-ce que ça lui fait?

GILBERTE. Vous qui m'avez sauvée, laissez-moi vous sauver à mon tour.

MARCASSAR, à part. Il l'a sauvée?

GILBERTE. C'est votre manteau, cela?...

HECTOR. Oui !

GILBERTE, prenant le manteau. Bien! (Elle ouvre la fenêtre et le jette dehors.)

HECTOR. Que faites-vous?

GILBERTE. Cette fenêtre donne sur la rivière, et en voyant flotter ce manteau, ils croiront que vous avez fui par là... (Allant ouvrir une porte latérale.) Et maintenant, venez!

HECTOR, à part. Ma foi je me laisse faire... Un ange, ça ne peut vous mener qu'au paradis!

GILBERTE. Venez vite! (Elle lui saisit la main et l'entraîne; les gardes du cardinal se précipitent dans la taverne.)

MARCASSAR, à part. Tiens! tiens! tiens!...

SCÈNE IX

Les Mêmes, MAUREVERT, Gardes.

MAUREVERT. Où est-il? où est-il? Qu'on le cherche, qu'on le trouve!... Il me le faut, mort ou vif!... Ah! cette fenêtre ouverte... Il se sera jeté à la nage... quelque chose de noir flotte sur l'eau... C'est lui... peut-être!... Feu!... (Les soldats font une décharge par la fenêtre, et, dans l'escalier, vu seulement du public, Gilberte, un doigt sur les lèvres, conduit Hector, qui la suit.)

MARCASSAR, à part. En voilà de la poudre aux petits moineaux!

MAUREVERT. On ne voit plus rien nager...

MARCASSAR, à part, désignant la porte latérale. C'est là qu'il est... mais je ne peux pas le livrer, ce serait perdre ma pauvre Gilberte...

MAUREVERT. Victoire à Mazarin!

TOUS. Victoire!...

TROISIÈME TABLEAU

La chambre de Gilberte.

SCÈNE PREMIÈRE

GILBERTE, HECTOR.

GILBERTE. Entrez... C'est un peu haut, mais nous sommes arrivés!

HECTOR. Et vous croyez qu'on ne nous a pas suivis?

GILBERTE. Je l'espère. . (Écoutant.) Non... rien à craindre... Ma ruse a réussi... Les soldats ont tiré sur votre manteau qui s'en allait à la dérive, et ils doivent vous croire mort. (Elle referme la porte.) Que je suis heureuse d'avoir pu vous sauver!

HECTOR. Vous êtes ma bonne fée! Où sommes-nous, ici?

GILBERTE. Chez moi...

HECTOR. Ainsi, vous voulez bien me donner l'hospitalité pour quelques minutes?...

GILBERTE. Comment, pour quelques minutes?...

HECTOR. Oui, jusqu'à ce que le péril ait cessé.

GILBERTE. Pardon... C'est moi qui serai seule juge de ce moment-là, et je ne vous laisserai partir qu'à bon escient... En attendant, je vous garde... vous êtes mon prisonnier!

HECTOR. Mais c'est impossible...

GILBERTE. Impossible?...

HECTOR. Certainement!... Je suis bien ici dans votre chambre, n'est-ce pas?...

GILBERTE. Oui... eh bien?...

HECTOR. Eh bien... il fait nuit...

GILBERTE. Après?...

HECTOR. Et nous sommes seuls...

GILBERTE. Après?...

HECTOR. Après... après... (A part.) Je ne sais que lui dire, moi... (Haut.) Enfin, je ne veux pas vous compromettre... vous perdre peut-être...

GILBERTE. Me perdre?...

HECTOR. Est-ce que les gardes du cardinal ne peuvent pas se raviser, entourer l'hôtellerie, la fouiller de fond en comble?... Ils me trouveraient ici, et vous seriez punie pour m'avoir donné asile... Punie par ma faute, vous si dévouée, si généreuse!... Adieu... Gilberte, je pars...

GILBERTE. C'est vous livrer, et je ne le veux pas... (Elle se place devant la porte.)

HECTOR. Mais, au nom du ciel, songez donc...

GILBERTE. Je ne songe qu'à une chose, au danger qui vous menace...

HECTOR. Et moi je songe à... (Il s'approche d'elle pour sortir.)

CLAUDE, en dehors et frappant à la porte. Gilberte!...

GILBERTE, bas à Hector. Chut!

CLAUDE. Vous êtes là, mon enfant?...

GILBERTE. Oui, oui, maître Claude...

CLAUDE. Les gardes du cardinal cherchent partout cet enragé de tout à l'heure. On leur a dit que son manteau seul avait passé par la fenêtre, et ils cherchent partout ce cavalier pour le fusiller...

GILBERTE, avec terreur. Le fusiller!... (Bas.) Vous entendez...

CLAUDE. Je ne veux pas qu'ils entrent chez vous; je vous enferme et j'emporte la clef...

HECTOR, jetant un cri. Ah!...

CLAUDE. Vous dites...

GILBERTE. Rien, rien, maître Claude!

CLAUDE. Bonne nuit, mon enfant... (On entend fermer la porte à double tour.) Bonne nuit!...

HECTOR. Enfermés, nous voilà enfermés!...

GILBERTE. Oui...

HECTOR. Vous l'avez laissé faire, vous avez eu tort.

GILBERTE. Pourquoi?...

HECTOR. Parce que... la situation peut devenir dangereuse...

GILBERTE, très-étonnée. Dangereuse!... pour qui donc?...

HECTOR. Pour qui?... mais pour...

GILBERTE. Eh bien?...

HECTOR. Eh, mordioux! pour... pour...

GILBERTE. Hein?...

HECTOR, la regardant. Vous avez raison, mon enfant... il n'y a pas de danger du tout...

GILBERTE. A la bonne heure.

HECTOR, à part. Quelle innocence! quelle pureté! Elle est ravissante! adorable!...

GILBERTE. Ah çà, maintenant, pour passer le temps, qu'est-ce que nous allons faire?...

HECTOR. Oui, qu'est-ce que nous allons faire?

GILBERTE. Causons... voulez-vous?...

HECTOR. C'est cela, causons.

GILBERTE. Asseyez-vous, d'abord.

HECTOR, s'asseyant loin d'elle. Je le veux bien.

GILBERTE. Plus près donc...

HECTOR. Plus près? (Se rapprochant un peu.) Voilà...

GILBERTE. Encore plus près...

HECTOR, embarrassé. Encore?... comme ça?...

GILBERTE, tirant la chaise d'Hector auprès de la sienne. Comme ça, là... On est mieux!

HECTOR. Oui, oui, on est... on est très-bien... (A part, la regardant.) trop bien!

GILBERTE. De quoi allons-nous parler?... Ah! je sais... vous connaissez mon nom, mais moi, je ne connais pas encore le vôtre... Comment vous appelez-vous?

HECTOR. Hector...

GILBERTE. Un beau nom pour un homme de guerre!... Il me plaît, ce nom...

HECTOR. Dire qu'un nom plaît, c'est avouer qu'on s'intéresse un peu à qui le porte...

GILBERTE. Aussi, je m'intéresse à vous...

HECTOR. Pourquoi?...

GILBERTE. Pour plusieurs raisons...

HECTOR. La première?...

GILBERTE. C'est que vous m'avez généreusement secouru!

HECTOR. Il n'y avait pas grand mérite à moi... La seconde?...

GILBERTE. C'est que vous êtes brave, et que j'aime le courage!...

HECTOR. Fort bien!... Et la troisième?

GILBERTE. Je n'ai pas dit qu'il y en eût une... troisième...

HECTOR. Je suis sûr qu'il y en a une.

GILBERTE. C'est possible : mais, vous ne la saurez pas : vous êtes trop curieux!

HECTOR. Gilberte!... voulez-vous me donner vos mains, dites?...

GILBERTE. Volontiers! (Elle les lui donne franchement.)

HECTOR, avec passion. Chère Gilberte!

GILBERTE. Oh! l'orpheline n'est plus seule au monde, maintenant; elle a un frère qui s'appelle Hector!

HECTOR. Un frère!... (Il laisse aller la main de Gilberte.) Oui, Gilberte, oui, un frère!

GILBERTE. Oui, monsieur, un frère; et si j'avais besoin d'aide ou de protection, c'est à vous que ma voix crierait : Hector, mon frère, défends-moi!

HECTOR. Et vous feriez bien, Gilberte; sur mon âme, je donnerais ma vie pour vous!...

GILBERTE, d'une voix plus faible. Merci!... et moi, je me sens toute l'affection d'une...

HECTOR. Qu'avez-vous donc? Il me semble que vous pâlissez!...

GILBERTE. Rien... Les émotions de cette journée, et puis... la fatigue...

HECTOR. C'est juste... il se fait tard... C'est l'heure peut-être où vous avez coutume de dormir... et...

GILBERTE. Oh! je n'ai pas sommeil, du tout... du tout... (Elle se lève et retombe assise.) Que disions-nous?...

HECTOR, à part. Pauvre petite !... elle est brisée de fatigue; mais dormir devant moi, elle ne s'y décidera jamais!. .

GILBERTE, avec effort. Eh bien, vous ne me répondez pas.

HECTOR, à part. Bon, j'ai une idée... (Il réprime un bâillement.) Si fait, si fait, je... ah!... oh! pardon, pardon, mais c'est plus fort que moi... je vais vous paraître fort malappris... mais dès que dix heures sonnent... je... je tombe... de sommeil...

GILBERTE. Vraiment?...

HECTOR. Oui, c'est impardonnable, mais c'est ma nature... ajoutez à cela que je dors quatorze heures de suite...

GILBERTE, voulant se lever. Eh bien, mettez-vous dans ce fauteuil, vous serez mieux.

HECTOR. Non, merci... quand je suis trop bien je dors mal, c'est encore ma nature.

GILBERTE. En ce cas, bonne nuit !...

HECTOR, s'asseyant loin d'elle. Merci ! merci... je... je sens que... que ça va venir, que ça vient... oui, ça vient tout à fait... tout à f... Ah !

GILBERTE, à voix basse. Oui... il... s'endort... et moi-même, j'essayais vainement de combattre le sommeil. Il disait vrai... la fatigue... m'accable... et... mes yeux se ferment malgré moi...

HECTOR, d'une voix endormie. Bonsoir... mademoiselle Gil... berte. (Il laisse tomber sa tête.)

GILBERTE. Bonsoir... mon frère Hector... bon... (Elle s'en dort. Un moment de silence pendant lequel Hector, sans bouger, ouvre de grands yeux, regarde attentivement Gilberte, puis relève la tête.)

HECTOR. La voilà partie... Oui, elle est tout à fait endormie... C'est singulier comme à première vue je me suis senti attiré vers elle... Quel charme étrange exerce-t-elle sur moi !... Sa beauté ?... J'en ai connu d'aussi jolies... Elle est charmante, cependant... (Se rapprochant d'elle.) C'est drôle, à présent je la trouve... C'est gentil, une femme, quand ça dort... Cette petite main blanche qui soutient sa joue... cette mèche rebelle qui se tord sur son cou de neige... cet angélique sourire sur ses lèvres... Hein ? Il me semble qu'elle a parlé... Oui...

GILBERTE, endormie. Hector ! Hector !

HECTOR. Mon nom... C'est à moi qu'elle pense jusque dans son rêve...

GILBERTE, endormie. Mon ami, mon sauveur...

HECTOR, la prenant dans ses bras. Gilberte !... chère Gilberte !...

GILBERTE, se réveillant. Ah ! (Regardant Hector.) Lui, ici, près de moi !...

HECTOR. A tes genoux, Gilberte, le cœur plein de tendresse, l'âme enivrée d'amour...

GILBERTE. Ah ! relevez-vous, éloignez-vous, de grâce !...

HECTOR. Non, ma tête est perdue, mes yeux sont éblouis, et mon cœur bat à se rompre... La faute en est à vous, Gilberte, à vous qui m'avez révélé tant de grâces, tant d'attraits, tant de séductions divines !...

GILBERTE. Eh bien, oui, j'ai été imprudente, j'ai été coupable... Mais vous partirez, vous partirez !

HECTOR. Partir ! Mais quand j'aurais encore la force de le vouloir, vous savez bien que c'est impossible !...

GILBERTE, se souvenant. Ah ! c'est vrai !... c'est vrai !... (Bruit de voix au dehors.) Ecoutez, ce sont eux...

HECTOR. Oui, ce sont mes ennemis qui me cherchent !

GILBERTE, lui mettant la main sur la bouche. Silence !... Taisez-vous, taisez-vous...

HECTOR, la serrant sur son cœur. Ah ! tu ne t'éloignes plus maintenant, tu ne t'éloignes plus !

GILBERTE. Non !... Qu'importe que je sois dans vos bras !... Hector, je place mon honneur sous la sauvegarde du vôtre... Est-ce que vous auriez la lâcheté de me perdre au moment où je vous sauve ?...

HECTOR. Gilberte ! vous avez raison, ce serait une lâcheté, ce serait une lâcheté ! (Nouveau bruit dehors.) Par ici, messieurs, par ici !...

GILBERTE. Hector ! que faites-vous ?

HECTOR. Vous avez confié votre honneur au mien, et je sauve l'un et l'autre, Gilberte !... (Appelant.) Par ici, messieurs, par ici ! (On enfonce la porte, Maurevert entre avec son escorte.)

SCÈNE II
Les Mêmes, MAUREVERT, Gardes.

MAUREVERT. Le voilà ! C'est lui ! (A Hector.) Votre épée !

HECTOR. Mon épée ?...

MAUREVERT. Allons ! obéissez !

HECTOR. Vous continuez à ne pas être poli, monsieur ! vous avez tort... Voici mon épée... Je vous l'offre aujourd'hui par la poignée ; mais je compte bien, un jour ou l'autre, vous en faire tâter la pointe...

MAUREVERT. Votre nom ?...

HECTOR. Je le dirai à M. de Mazarin, conduisez-moi auprès de lui !

MAUREVERT. C'est l'ordre que nous avons.

HECTOR. A merveille !... (A part.) Tiens, ça va m'amuser, cette façon de lier connaissance avec mon oncle.

GILBERTE. Adieu, Hector, adieu !

HECTOR. Non, pas adieu, mais au revoir ! Séchez vos pleurs, Gilberte, ne rougissez pas ces beaux yeux-là... surtout n'oubliez pas que vous m'avez pardonné !... (Bas.) et que je vous... aime !... A bientôt, Gilberte, à bientôt ! (A part.) Maintenant, allons voir mon oncle !...

MAUREVERT. En route !

HECTOR. Partons, messieurs, partons !...

Un salon au château de Saint-Germain. — Au fond, une terrasse.

SCÈNE PREMIÈRE
OLYMPE, HORTENSE, MARIANNE, toutes trois assises.

HORTENSE. Ainsi, le cardinal ne descendra pas ce soir dans notre appartement ?

OLYMPE. Non ; il paraît qu'il y a eu aujourd'hui tumulte et sédition dans Paris, et Son Éminence, qui travaille en ce moment avec Sa Majesté la reine, veut interroger elle-même les rebelles qu'on a faits prisonniers.

MARIANNE. En sorte que nous voilà libres pour toute la soirée. Qu'est-ce que nous allons faire à nous quatre ?...

HORTENSE. A nous trois, car décidément notre sœur Marie nous boude et nous évite... Assise à l'écart, dans le petit salon, elle n'a pas même une seule fois tourné la tête de ce côté...

OLYMPE. Elle paraît, en effet, plongée dans une rêverie profonde.

HORTENSE. A quoi peut-elle songer ainsi ?

MARIANNE. A quoi elle songe ? Voulez-vous que je vous le dise ?

OLYMPE. Toi ?

MARIANNE. Moi-même !

HORTENSE. Eh bien, parle : à quoi pense Marie ?

MARIANNE. A lui !

OLYMPE. Qui, lui ?

MARIANNE. Son amoureux.

HORTENSE. Et qui est cet amoureux ?...

MARIANNE. Le tien, Olympe, le tien, Hortense, le mien aussi, peut-être... Faut-il le nommer ?...

OLYMPE et HORTENSE, vivement. Tais-toi !

MARIANNE. Vous voyez bien !

OLYMPE. Pour ce qui est de moi, tu te trompes assurément... je n'aime que le comte de Soissons, mon mari.

MARIANNE. Menteuse !

OLYMPE. Vous dites ?...

MARIANNE. Est-ce qu'on aime son mari ?

OLYMPE. Comment, mademoiselle !

MARIANNE. Tu serais la seule de toute la cour, et ce n'est pas de cette façon-là que tu tiens à te singulariser.

HORTENSE. Sais-tu que nous nous fâcherons, à la fin !

MARIANNE. Comme si j'avais peur de vous !

HORTENSE. Allons, j'ai tort, veux-tu faire la paix ?

MARIANNE. Non. (Marie entre, le front penché, rêveuse, et tenant à la main un livre qu'elle ne lit pas.) Marie... à ton tour, je vais te taquiner aussi un peu !

SCÈNE II
Les Mêmes, MARIE DE MANCINI.

MARIANNE. Bonsoir, Marie !

MARIE. Ah !

MARIANNE. Je t'ai fait peur ?

MARIE. Oui, tu m'as surprise, mais tu es la bienvenue.

MARIANNE. Vrai ?

MARIE. Certes !

MARIANNE. Dis donc, sœur...

MARIE. Quoi ?...

MARIANNE. C'est donc bien intéressant, ce livre-là ?...

MARIE. Pourquoi ?

MARIANNE. Parce que depuis une grande heure, tu en es toujours au même feuillet... Après cela, tu l'apprends peut-être par cœur... C'est égal, je parierais bien que tu ne le sauras jamais.

MARIE. Malicieuse, va ! (Elle l'embrasse franchement.)

MARIANNE, à part. Eh bien, non, au fait, je ne la taquinerai plus, c'est la meilleure des trois !

SCÈNE III
Les Mêmes, LE ROI.

LE ROI, paraissant au fond. Peut-on entrer ?

TOUTES. Le roi !

MARIE, à part. Lui !...

MARIANNE, bas. Marie, veux-tu que je te dise à présent ce qu'il y avait sur cette page que tu ne tournais jamais ?

MARIE, bas. Ce qu'il y avait ?...

MARIANNE. Il y avait le nom de ce petit monsieur-là... Louis XIV.

LE ROI, près de la porte. J'ai demandé si on pouvait entrer...

OLYMPE. Pardon, sire... mais la surprise... la joie de voir Votre Majesté...

LE ROI. Oh! pas de sire ni de majesté, il n'y a pas ici de roi, mes belles demoiselles; il y a tout simplement Louis, un bon camarade qui vient se distraire un instant auprès de ses petites amies, les Mazarinettes... Charmant nom, ma foi, bien qu'il vienne des frondeurs... Donc, me voici, à la condition que vous voudrez bien de moi.

MARIANNE, avançant un fauteuil. Vous pouvez rester, monsieur le roi.

LE ROI, avec un grand salut. Mademoiselle Marianne!

MARIANNE, avec une profonde révérence. Monsieur Louis!... Oh! vous pouvez vous asseoir devant nous, nous ne sommes pas fières!

LE ROI. A la bonne heure... Figurez-vous que la reine et le cardinal m'avaient enfermé avec eux, pour entendre parler politique, et je ne connais rien de plus mortellement ennuyeux que la politique.

MARIANNE. Oh! je crois bien!

LE ROI. Est-ce que vous savez ce que c'est?

MARIANNE. Oh! oui, mon oncle m'en parle quelquefois, mais je m'endors tout de suite... Et vous, ça vous endort-il?

LE ROI. Souvent... mais aujourd'hui, mesdemoiselles, pour venir causer avec vous, j'ai pris la clef des champs; j'ai échoppé à madame de Beauvais, ma gouvernante; j'ai dépisté mon capitaine des gardes... j'ai traversé en trois enjambées la grande galerie... et me voilà!... (A Marie.) N'est-ce pas, que j'ai bien fait?... Vous ne répondez pas?...

MARIE. Me le permettez-vous, sire?

LE ROI. Si je vous le permets!... certes! ce qui est bon à voir est bon à entendre!

MARIE. Eh bien, sire, votre présence nous comble de joie assurément, mais...

LE ROI. Ah! il y a un mais...

MARIE. A cette joie, je l'avoue, se mêle un regret, pour ma part, du moins!...

LE ROI. Un regret?

MARIE. Oui, sire: vous êtes le roi d'un grand peuple, et si cette pauvre France, encore agitée, doit compter sur quelqu'un pour lui rendre son repos et sa grandeur, c'est sur vous, sire, sur vous surtout!

OLYMPE. Quoi!... tu oses...

LE ROI. Laissez, madame!

MARIE. Voilà pourquoi je regrette qu'à la suite d'événements graves vous ayez quitté, ce soir, la reine et le cardinal, leur laissant tout le fardeau d'une tâche que vous seul pouvez accomplir heureusement, avec l'aide de Dieu!

LE ROI. Vous me gronderez donc toujours?

MARIE. Ah! je ne suis qu'une femme, et je ne puis rien!... mais si je m'appelais Louis XIV, et si j'étais le roi de France...

LE ROI. Eh bien... voyons... que ferait Votre Majesté?

MARIE. Je monterais à cheval, je me ferais voir à mon peuple, et j'en finirais d'un coup avec la rébellion.

LE ROI. Ventre-saint-gris, comme disait mon aïeul, c'est noblement parler!

MARIE. Faites-le donc, sire!

LE ROI. Oui, je le ferai... mais plus tard... je ne suis pas libre encore, nous en reparlerons, je vous le promets.

MARIE. Et maintenant, si j'ai été trop loin, si je vous ai offensé, punissez-moi, sire! (Elle plie le genou, le roi la relève vivement.)

OLYMPE, à part. Comédienne!

LE ROI. J'ai dit que le roi n'était pas ici... mais s'il y était, mademoiselle, il vous remercierait avec effusion!... Pauvre jeune roi, il sait si peu ce que c'est qu'une franchise intrépide et un dévouement vrai!... A présent, si vous le voulez bien, nous parlerons de choses moins terribles et qui vous concernent, mesdemoiselles.

OLYMPE et HORTENSE. Sire...

MARIANNE. Parlez, monsieur le roi, nous vous écoutons.

LE ROI. Je m'occupe de vous marier, mesdemoiselles.

MARIANNE. Oh! quel bonheur!

LE ROI. Ce bonheur... madame la comtesse de Soissons le possède déjà, et j'espère qu'elle n'a plus rien à désirer...

OLYMPE, avec une émotion douloureuse. Non, sire, plus rien!

MARIANNE. A notre tour, à présent...

LE ROI. Pardon, mademoiselle Marianne, mais ne convient-il pas d'attendre que vous ayez tout à fait vos quinze ans?

MARIANNE. Attendre!... attendre!... Eh bien, soit! j'y consens encore; mais après, je ne vous ferai pas grâce d'une heure, sire, et je prendrai de votre main le premier mari venu... pourvu qu'il soit beau, spirituel, aimable, riche, noble, et cœtera, et cœtera.

LE ROI. Allons, je vois avec plaisir que vous n'êtes pas trop difficile, et nous y songerons. L'année est aux mariages, mesdemoiselles: après celui que l'on avait entamé pour moi avec une princesse de Savoie, on pense, à ce qu'il paraît, à en négocier un autre, et me voilà menacé de prendre femme.

MARIE, troublée. Ah!

LE ROI, regardant Marie. Oui, la raison d'État l'exige, mais on aura beau faire, je suis bien résolu à ne pas immoler mes sentiments aux exigences politiques, et, tout roi que je suis, je ne donnerai jamais la main sans donner le cœur!...

MARIANNE. Et vous ferez bien, sire.

OLYMPE, à part. Il ne l'a pas quittée des yeux!

LE ROI. Il paraît que l'on choisit dès à présent, et en secret, la femme que l'on me destine, car ma mère vient de me remettre un assez beau bracelet que je dois offrir à ma fiancée... Tenez, voulez-vous le voir?

MARIANNE. Oh! comme ça brille!...

HORTENSE. La délicieuse monture!...

OLYMPE. Les magnifiques diamants!

MARIANNE. Qu'est-ce que c'est donc que ce portrait, sire?

LE ROI. C'est celui de Lucrèce, qui fut aimée d'un roi, et qui se poignarda par vertu!

MARIANNE. Il y a longtemps, n'est-ce pas?

LE ROI. Très-longtemps.

MARIANNE. A la bonne heure!

LE ROI. Vous trouvez donc ce bracelet...

OLYMPE. Merveilleux!

HORTENSE. C'est un trésor qu'on ne saurait payer trop cher.

LE ROI, montrant le bracelet à Marie. Et vous, mademoiselle, que dites-vous de cette monture, de ces diamants, de cet éclat?

MARIE. Je dis, sire, que cette Lucrèce était un noble cœur

LE ROI. Gardez ce bracelet, Marie, vous êtes digne de le porter.

MARIE. Ce bracelet... à moi!... Non, non, reprenez-le, de grâce!

LE ROI, bas. Je vous en prie... Vous aussi, vous êtes un noble cœur!... Et puis, je sais l'intérêt que vous me portiez pendant la maladie que j'ai faite après l'expédition des Dunes.

MARIE, très-émue. Moi, sire!

LE ROI, bas. Lorsque tant d'autres se tournaient déjà du côté de mon frère, comme vers le soleil levant, vous seule m'êtes restée fidèle, vous seule pleuriez sur le pauvre roi... Est-ce vrai, Marie?

MARIE. Oui, c'est... c'est vrai, sire...

LE ROI. Pour un si précieux dévouement, c'est bien peu, croyez-moi, que l'offre de ce bracelet. (Il le lui attache au bras.)

HORTENSE et OLYMPE. Sire!...

LE ROI. Plaît-il?

OLYMPE. Votre Majesté nous disait que ce bijou était destiné par la reine à celle qui doit être votre femme...

LE ROI. Eh bien, la reine en achètera un autre, voilà tout. A demain, mesdemoiselles... Ah!... étourdi que je suis, je venais vous dire que nous partons demain pour Paris, et j'ai oublié de vous en parler... Nous comptons bien que vous serez du voyage... A demain, mesdemoiselles...

TOUTES, saluant. A demain... sire!

LE ROI, à Marie. A demain. (Le roi sort par le fond. Marie, tout émue, mais souriante, sort par la droite, les yeux fixés sur le bracelet.)

HORTENSE, bas à Olympe. Plus de doute! c'est elle qu'il aime.

OLYMPE, de même. Oui, elle! (A part.) O l'avenir! l'avenir! je veux le connaître, je le connaîtrai! (Elle ouvre un tiroir et en tire un jeu de cartes qu'elle étend sur la table d'une main fiévreuse.)

HORTENSE. Que fais-tu?...

OLYMPE. Ce qu'on fait dans notre superstitieuse Italie, quand la tête s'exalte, quand le cœur bat et qu'on veut forcer le sphinx à répondre! ce que firent toujours les Mazarin et les Mancini, car nous sommes, en fin de compte, une race d'astrologues et de nécromanciens. A nous les cartes!

HORTENSE. Soit, je t'aiderai!

MARIANNE. Moi aussi, c'est amusant!

OLYMPE. Non, pas toi!... Écoute, Marianne, tu es trop jeune... tes yeux n'ont pas pleuré, ton cœur n'a pas souffert... Il y a des secrets auxquels tu ne peux encore être initiée.

MARIANNE. Bah!

HORTENSE. Ces choses-là, vois-tu, sont plus terribles que tu ne crois, et dans ces mystérieuses parties, c'est son âme qu'on joue quelquefois.

MARIANNE. Bon, vous dites tout cela pour m'effrayer.

HORTENSE. Laisse-nous!

MARIANNE. Est-ce que vous allez évoquer le diable?

OLYMPE. Peut-être!

MARIANNE. Oh! alors, je me sauve!

OLYMPE. Bonsoir, ma bonne petite Marianne.

MARIANNE, à part. Votre bonne petite Marianne va vous jouer un tour de sa façon. (Elle sort.)

SCÈNE IV

OLYMPE, HORTENSE.

HORTENSE. Olympe, nous sommes seules.

OLYMPE. Eh bien, à bas les masques!

HORTENSE. C'est dit!

OLYMPE. Tu aimes le roi!

HORTENSE. Et tu l'aimes aussi!

OLYMPE. Oui, je connaissais ton secret comme tu connaissais le mien; la même pensée nous a dominées, le même espoir nous a souri!

HORTENSE. Et nous avons toutes deux, pour arriver au but, lutté à l'envi de grâces, de séductions, et ce but si convoité, hier encore nous pensions l'atteindre; mais voilà que tout a changé aujourd'hui: plus de rêve de bonheur, plus d'espoir!

OLYMPE. C'est qu'hier, nous n'étions que deux, aujourd'hui nous sommes trois! Nous avons une rivale, unissons-nous contre elle!

HORTENSE. Unissons-nous!

OLYMPE. Maintenant, interrogeons les cartes! Tu vois, elles se rangent d'elles-mêmes comme sous l'impulsion d'une main invisible dont la mienne n'est que l'instrument.

HORTENSE. Oui, neuf de pique... avertissement sinistre! le huit... menace!...

OLYMPE. L'as! danger! Pour qui le danger?... pour nous!

HORTENSE. Mais de qui vient-il?.

OLYMPE. Attends... Dame de cœur, rivalité d'amour... Ah! c'est cela.... c'est bien cela... Regarde donc... voilà une chose étrange... Ce n'est pas pour nous seules qu'est le danger... Roi de trèfle: argent et puissance.... c'est pour le cardinal.

HORTENSE. Pour lui aussi, avertissement, menaces et périls!

SCÈNE V

LES MÊMES, MAZARIN, MARIANNE.

MARIANNE, bas, montrant ses sœurs. Venez, mon oncle!...

MAZARIN, allant à la table. Ah! je vous y prends!

OLYMPE et HORTENSE. Mon oncle!

MAZARIN. Je vous avais défendu d'y toucher, à vos cartes maudites, et vous m'avez désobéi, vous me désobéissez toujours.

HORTENSE. Mon cher oncle!

MAZARIN. Vous n'êtes qu'une impie!

MARIANNE, à part. Bravo!

OLYMPE. Mon bon oncle!

MAZARIN. Une mécréante!

MARIANNE, à part. Attrape!

MAZARIN. Mais songez-y donc, malheureuses! Acte démoniaque, crime de sorcellerie, entendez-vous! Jetez-moi cela au feu, et n'y touchez plus, sous peine d'être damnées!

HORTENSE. Si nous avons consulté ces cartes, mon oncle, ne croyez pas que ce soit pour nous.

MAZARIN. Et pour qui donc, alors?

OLYMPE. Pour vous, que nous aimons, que nous vénérons; pour vous, qui avez toute notre tendresse, toute notre sollicitude.

MAZARIN. Pour moi, allons donc!

OLYMPE. Nous redoutions un danger pour notre meilleur ami!

HORTENSE. Et nous avons voulu savoir de qui venait ce danger!

MAZARIN. Un danger! qui me menaçait! moi! je n'y crois pas! (Ne quittant plus les cartes des yeux.) Et d'ailleurs, serait-ce une raison pour risquer son âme... pour enfreindre mes ordres et consulter.... ces cartes maudites... dont vous ne savez même pas vous servir. (Il s'est rapproché de la table tout en parlant.)

OLYMPE. Oh!

MAZARIN. Non, vous ne le savez pas. Ha! ha! ha! ça se mêle de tirer les cartes, ça ne sait seulement pas s'y prendre.

OLYMPE. Oh! pour cela, mon oncle!

MAZARIN, penché sur les cartes. Mais non, non, vous ne vous en doutez pas! Voilà un neuf de pique qui n'est pas à sa place... un as de carreau qu'il fallait placer près de la dame et un roi de trèfle près du neuf de pique.... Tiens, c'est vrai, il y a un danger.

OLYMPE. Et vous avez beau les ranger autrement... elles disent toujours la même chose.

MAZARIN. Oui, ma foi, un danger sérieux, imminent, et c'est d'une femme qu'il doit venir... D'une femme! Ah! je veux savoir le nom de cette femme-là. (Il s'assied.) Oui, oui, je la connaîtrai. (Il bat les cartes avec frénésie.) Voyons! voyons! (Il les étale.) Sept de pique, piège ou menace. Dame de cœur, la femme en question. Valet de cœur: qu'est-ce que c'est que ce petit jeune homme-là? Neuf de trèfle, as de carreau...

MARIANNE, le tirant par son camail. Dites donc, dites donc, monseigneur mon oncle.

MAZARIN. Hein?

MARIANNE. Mais si vous faites comme mes sœurs, vous allez vous damner comme elles.

MAZARIN. Moi me... c'est vrai, au fait! (Il dépose les cartes.)

OLYMPE. D'ailleurs, ce ne sont pas les cartes qui peuvent nous dire le nom de cette ennemie.

MAZARIN. Tu crois?

OLYMPE. Il faudrait consulter Albertus, et peut-être finirait-on par lire ce nom dans le verre d'eau magique.

MAZARIN, se levant. Malheureuse! ne t'avise pas d'avoir recours à ces maléfices... je te le défends! Laissez-moi, allez-vous mettre au lit, et surtout ne vous endormez pas avant d'avoir prié... allez!

OLYMPE, bas à Hortense. Marie ne triomphe pas encore. (A Mazarin.) Ce nom, je vous le dirai, mon oncle!

MAZARIN, à part. Elle me le dira. (Olympe sort avec Hortense et Marianne.) Une vaillante fille, cette Olympe, qui m'est fort dévouée... (Ressaisissant les cartes.) et si je ne trouve pas là ce que je cherche...

SCÈNE VI

MAZARIN, MAUREVERT.

MAUREVERT, entrant. Monseigneur!

MAZARIN. Qu'est-ce?.. qu'y a-t-il encore? (Il cache vivement le jeu de cartes dans la poche de sa soutane.) Ah! c'est vous, Maurevert;

MAUREVERT. Votre Éminence a sans doute oublié qu'au moment où l'on est venu la chercher pour se rendre ici...

MAZARIN. C'est juste! cette petite Marianne est venue m'interrompre au beau milieu de mon interrogatoire... C'est le tour de cet inconnu arrêté à l'hôtellerie de l'Eperon d'or.

MAUREVERT. Le plus dangereux des conspirateurs.

MAZARIN. En vérité!

MAUREVERT. Le plus acharné de vos ennemis.

MAZARIN. Ah! c'est mon ennemi!

MAUREVERT. Et le mien, monseigneur.

MAZARIN. Ah! eh bien, voilà un gaillard dont les affaires sont en bonnes mains. Introduisez le prisonnier, Maurevert, et tenez-vous ici près, je ne tarderai pas à vous le rendre. (Maurevert fait entrer Hector et se retire en refermant la porte.)

SCÈNE VII

MAZARIN, HECTOR.

HECTOR, à part. Mordioux! j'ai un oncle assez bien logé.

MAZARIN. Approchez!

HECTOR, à part. Mon cœur ne me dit rien, ce doit être lui!

MAZARIN. Approchez!

HECTOR, à part. Plus du renard que du lion.

MAZARIN, à part. Une vraie mine de soldat...et d'aventurier.

HECTOR, à part. Nous avons l'air d'être en arrêt l'un sur l'autre.

MAZARIN. Vous êtes en présence du cardinal Mazarin.

HECTOR. Ah! très-bien! (A part.) Si tu crois que tu vas me faire peur!

MAZARIN, à part. Il ne sourcille pas. (Haut.) C'est vous qui avez fait tapage à l'hôtellerie de l'Eperon d'or?

HECTOR. C'est moi-même!

MAZARIN. Et avant de vous mettre en rébellion ouverte contre mes gardes, vous avez, à ce qu'il paraît, dit beaucoup de mal de moi?

HECTOR. Pardon, pardon.... C'est une erreur: je n'ai pas dit de mal de Votre Éminence, mais j'en ai entendu dire beaucoup.

MAZARIN. Et ce qu'on disait là-bas, le répéteriez-vous ici?

HECTOR. Parfaitement.

MAZARIN. J'écoute...

HECTOR. Eh bien, on a crié à pleins poumons que vous étiez un traître, un avare, un tyran, un bourreau... et le reste!... voilà ce qu'on disait, monseigneur.

MAZARIN, avec explosion. Ah! oui, les voilà bien, ces Parisiens de la Fronde, ils comptent pour rien les victoires que me doivent les armées royales, les grandes choses que j'ai faites dans l'intérêt de ce pays et pour l'honneur de ce règne, ces intrigues déjouées par une main qui n'a jamais bronché au service de la France! Je subis la loi commune aux hommes qui consacrent à une œuvre utile leurs veilles,

leurs pensées, leur âme tout entière, et qui, après avoir
perdu leur repos, usé leur santé, abrégé leur vie, ne récoltent
pour récompense que l'ingratitude et la calomnie!

HECTOR, à part. On jurerait qu'il est sincère...

MAZARIN. Et vous avez cru tout cela, vous?

HECTOR. Parfaitement!

MAZARIN. Et vous l'avouez?

HECTOR. Parfaitement!

MAZARIN. Oui-dà.... c'est de la franchise.

HECTOR. A défaut d'autre mérite, j'ai du moins celui-là!

MAZARIN. Je vous en reconnais encore un!

HECTOR. Lequel?

MAZARIN. Vous êtes brave!

HECTOR. A mes heures!

MAZARIN. Si vous vouliez, nous pourrions encore nous
entendre. J'aime les natures hardies, résolues, énergiques,
et j'avoue qu'au premier abord, vous ne m'avez point déplu.

HECTOR, à part. Niez donc la voix du sang!

MAZARIN. Du reste, ce ne serait pas le première fois que
j'aurais fait des recrues dans les rangs ennemis... Combien
valez-vous?

HECTOR. Comment?

MAZARIN. Je vous achète!

HECTOR. Ah! mordioux, monseigueur, je ne suis pas à
vendre.

MAZARIN. Non?

HECTOR. Non!

MAZARIN. C'est votre dernier mot?

HECTOR. Le dernier!

MAZARIN. Eh bien, alors, cher monsieur, puisque vous
n'êtes pas à vendre, vous êtes à pendre, et vous serez pendu
demain. Bonne nuit, monsieur! (Il fait quelques pas pour sortir.)

HECTOR. Bonne nuit... mon oncle!

MAZARIN, revenant. Hein? Qu'est-ce que vous dites là?

HECTOR. Je vous ai dit: Bonne nuit, mon oncle!

MAZARIN. Votre... moi.. Êtes-vous fou?

HECTOR. Je ne suis pas fou du tout, et je vous dis, monsieur le cardinal, que vous avez en ce moment devant
les yeux, votre neveu Hector... Martinozzi!

MAZARIN. Hector Martinozzi, vous?...

HECTOR. Est-ce que vous ne retrouvez pas dans mes
traits, sur mon visage, quelque ressemblance de famille?

MAZARIN. Non, monsieur, je ne trouve pas que vous
nous ressembliez.

HECTOR. A vous? (A part.) J'y compte bien! (Haut.) mais
à votre sœur?

MAZARIN. A ma sœur?

HECTOR. A ma mère! Teresa Martinozzi... Tenez, mon-
seigneur, voilà qui vous aidera à établir la comparaison.
(Il prend un médaillon dans son pourpoint et le donne au cardinal.)
Reconnaissez-vous ce portrait?

MAZARIN. Oui, c'est celui de Teresa, mais cela ne prouve
pas du tout que vous soyez mon neveu.

HECTOR. Comment!... vous ne me croyez pas encore?

MAZARIN. Non, monsieur, non! car je me souviens qu'Hector
Martinozzi, le fils de Teresa et de Girolamo Martinozzi, a
été tué en Hongrie dans la guerre contre les Turcs... et
s'il est mort...

HECTOR. Il est ressuscité!...

MAZARIN, avec doute. Ressuscité?...

HECTOR. Je vous le dis, je vous l'affirme, je vous le jure
sur la mémoire de ma mère... Me croyez-vous, enfin?

MAZARIN, hésitant. Mais... non!

HECTOR. Non! ah! c'est trop fort!... alors, rendez-moi ce
portrait, monseigneur, et faites-moi pendre... Adieu! (Il va
pour sortir. On entend la voix de Marie qui chante, en s'accompagnant,
l'air que chantait Hector au deuxième acte. Hector s'arrête et écoute.)
Qu'est-ce que c'est que ça?

MAZARIN. Plaît-il?

HECTOR. Cet air... ce souvenir de mon enfance.

MAZARIN. Qu'est-ce qu'il dit?...

HECTOR. Et cette voix!... c'est...Mais oui, je la reconnais,
c'est la sienne.

MAZARIN. La sienne?

HECTOR. C'est elle, vous dis-je!...

MAZARIN. Elle?...

HECTOR. Ah! je veux savoir!... (La porte s'ouvre, Marie paraît.

SCÈNE VIII
LES MÊMES, MARIE.

MARIE. Qu'y a-t-il donc?

HECTOR. Marie!...

MARIE. Mon cousin! Hector!... (Elle se jette dans ses bras.)

MAZARIN, à part. Allons! je commence à croire que c'est
mon neveu.

HECTOR. Y a-t-il longtemps que nous nous sommes vus!
Oh! mais j'ai toujours pensé à toi, va, malgré l'éloignement,
malgré la séparation!...

MAZARIN, à part. Il paraît décidément que c'est mon neveu!

MARIE. Et c'est vous qui l'avez retrouvé, mon oncle?

MAZARIN. Moi, oui, c'est...

HECTOR. C'est lui qui m'a fait retrouver, oui, Marie!

MARIE. Je suis sûre que vous vous occupiez déjà de lui,
de son avenir?

HECTOR. Ah! oui, de mon avenir! et il m'en préparait un...
très-élevé, n'est-ce pas, mon bon oncle?

MAZARIN. N'en parlons plus, et... embrassez-moi, mon
neveu...

HECTOR, à part. Enfin, mieux vaut tard que jamais. (Ils
s'embrassent.)

MAZARIN, à part. Voilà un étourneau de neveu qui me
donnera de la tablature.

HECTOR. Et toi, comment es-tu venue à Paris?

MARIE. C'est Son Éminence qui m'y a fait venir et qui me
comble chaque jour de bonnes nouvelles.

HECTOR. Vrai!... alors, vous êtes un grand homme, un
excellent homme, un homme admirable!... et je vous fais
réparation d'honneur, mon oncle!

MAZARIN. Fort obligé, mon neveu!

HECTOR. Avoir pris soin d'elle, c'est bien, c'est très-bien!
Ah! c'est que je l'aime, ma chère petite Marie!... et maintenant que je t'ai retrouvée, je ne te quitte plus... je serai
toujours là près de toi, comme un soldat en faction, et si
quelqu'un s'avisait de te chagriner, il aurait affaire à moi!...
Toute petite je te défendais avec mon poing... maintenant,
au bout de ce poing-là, il y a une bonne et grande épée!...
A propos, mon oncle, si vous me la faisiez rendre?

MAZARIN. C'est juste! (Il frappe sur le timbre. Maurevert paraît.)

MAUREVERT. Monseigneur!

MAZARIN. Rendez à ce gentilhomme son épée!

MAUREVERT. Son... son épée, monseigneur?

HECTOR, à Maurevert. Oui, monsieur, c'est comme cela...
vous n'êtes pas au bout, vous en verrez bien d'autres. (Baissant la voix.) Je suis toujours prêt à tenir ma promesse, du
reste, et je compte bien que nous nous reverrons!

MAUREVERT. Nous nous reverrons!

HECTOR. Où ça?

MAUREVERT. Demain, dans la forêt de Saint-Germain.

HECTOR, bas. C'est dit. (Haut.) Mille grâces, monsieur de
Maurevert. (Maurevert sort.)

MARIE. Mais comment se fait-il que tu aies été désarmé?...

HECTOR. Oh! c'est toute une histoire: figure-toi que je me
trouvais avec plusieurs gentilshommes des plus honorables
et nous étions en train de crier: A bas Mazarin! à bas
Mazarin!

MARIE, lui mettant la main sur la bouche. A bas Mazarin? (Elle
regarde le cardinal.)

MAZARIN. A bas Mazarin!

HECTOR. A bas... Mazarin!... A propos, mon oncle, mes
complices s'appellent MM. de Chaulnes, de Vivonne, de
Vardes et de Longueval... Ils ont été arrêtés ainsi que moi,
et puisque me voilà libre, vous leur ferez rendre la liberté.

MAZARIN. La liberté!... à eux!...

HECTOR. Ah! mais il le faut... Les condamner, eux, qui
ne sont pas plus coupables que moi, et m'absoudre parce
que je suis de votre famille... ce serait me déshonorer, et
j'aimerais mieux me faire sauter la cervelle.

MAZARIN. Allons donc!

MARIE. Mon oncle! (Bas à Hector.) Sois sans crainte, je leur
trouverai un puissant protecteur!

HECTOR. Un protecteur!

MARIE. Qui les sauvera, je te le promets. (Haut.) Et cette
belle équipée avait lieu?...

HECTOR. A l'hôtellerie de l'Éperon d'Or, où je venais de
rencontrer une ravissante jeune fille!

MARIE. A l'Éperon d'or... oui, c'est bien l'enseigne dont
j'avais oublié le nom! cette jeune fille s'appelle Gilberte,
n'est-ce pas?

HECTOR. Juste! tu la connais?

MARIE. Oui, oui, et je veux la revoir.

HECTOR. Sois tranquille, je te l'amènerai bientôt. Je cours
à Paris, à l'hôtellerie de l'Éperon d'or... Diable!... mais je
ne connais pas Paris, moi.

MARIE. Mon oncle! il lui faudrait un guide.

MAZARIN, frappant sur un timbre. Un guide! (Marcassar paraît.)
En voici un que j'attache à sa personne.

SCÈNE IX

LES MÊMES, MARCASSAR.

MARCASSAR. Mon bienfaiteur m'a fait l'honneur de me désirer?

MAZARIN. Regarde bien ce gentilhomme!

MARCASSAR. Ce gentilhomme!... Ah! mais, je le reconnais!

MAZARIN. Toi!

HECTOR. En effet!

MARCASSAR. Je le reconnais très-bien! c'est un ennemi de Votre Éminence, c'est un scélérat qu'il faut pendre, un gueux qu'il faut écarteler... c'est...

MAZARIN. C'est mon neveu!

MARCASSAR. Hein! votre... c'est votre...

HECTOR. C'est son neveu!

MARIE. C'est mon cousin, le neveu de Son Éminence!

MARCASSAR, saluant Hector, Monsieur, je suis votre très-humble serviteur!... Et moi qui m'étonnais de ce que monsieur osait dire là-bas tant de mal de monseigneur!... Du moment que monsieur était de la famille, ça s'explique.

MAZARIN. Je t'attache à sa personne... tu le guideras dans Paris.

MARCASSAR. Oui, mon bienfaiteur!

HECTOR. Partons vite, alors!

MARCASSAR, bas à Hector. Votre seigneurie a de l'argent?

HECTOR, de même. Moi, très-peu!

MARCASSAR. C'est qu'il en faut dans ce pays-là!

HECTOR, à part. C'est vrai! et puis pour la toilette de Gilberte!... (A Marcassar.) Tu as raison, mais où trouver de l'argent?

MARCASSAR. Dans la poche de monsieur votre oncle, il y en a beaucoup.

HECTOR. C'est juste. (Vivement à Mazarin.) Mon oncle, de l'argent!...

MAZARIN, regardant Hector et Marie. De... l'argent!...

HECTOR. Donnez, mon oncle...

MARIE. Donnez...

HECTOR. Donnez vite...

MAZARIN. De l'arg... (Il tire les cartes par mégarde et les rempoche vivement.) Voilà... (Il donne une bourse à Hector.)

HECTOR. Merci!

MARCASSAR, bas à Hector. Encore!

HECTOR, à Mazarin. Encore...

MARIE, à Mazarin. Mon oncle...

MARCASSAR, bas à Hector. Toujours!

HECTOR, à Mazarin. Toujours!

MAZARIN. Eh! sur ma vie, monsieur, vous oubliez trop qui nous sommes.

MARIE. Ah! mon oncle!

HECTOR, avec une raillerie souriante. Vous avez raison, monseigneur, et j'oublie aussi qui je dois être!... Nous sommes en guerre avec l'Espagne... demain, j'entrerai au service du roi; gardez votre argent. J'ai assez de mon épée! (Il laisse tomber la bourse.)

MARCASSAR, la ramassant. Oui, il a assez de son épée.

HECTOR. Adieu, cousine!

MARIE. Adieu! à bientôt.

HECTOR. Embrasse-moi encore!... Je vais chercher Gilberte.

MARCASSAR. Gilb... nous allons chercher Gilberte, monsieur?

HECTOR, lui tirant l'oreille. Mademoiselle Gilberte, drôle! (Il sort.)

MARCASSAR. Mademoiselle.. certainement... puisqu'elle n'est pas encore madame Marcassar. (Il sort.)

SCÈNE X

MAZARIN, MARIE, puis LE ROI, LA REINE MÈRE et toute la cour.

MAZARIN, à part. Je me serais bien passé de ce neveu-là!

MARIE. Ce brave Hector! il est si bon! vous l'aimerez bien, allez!

MAZARIN. Comment donc, il m'est déjà très-cher... mais rentre chez toi, petite, il se fait tard et nous partons demain pour Paris au point du jour... Bonsoir, bambina... Tiens, je ne te connaissais point ce bracelet-là...d'où te vient-il donc?

MARIE. Ce bracelet!...

MAZARIN. Qui t'a donné ce magnifique bijou?

MARIE. C'est...

MAZARIN. C'est?...

LE ROI, entrant. C'est nous, monsieur le cardinal!

MAZARIN. Le roi! (A part.) Le roi?...

LE ROI. Oui, monsieur le cardinal, c'est nous qui avons

prié mademoiselle Marie d'accepter ce gage de notre affection, de notre estime, de notre... (Bas à Marie.) Faut-il continuer?

MARIE, bas. Non... Oui... (Baissant les yeux.) J'ignore ce qu'allait ajouter Votre Majesté!...

MAZARIN, à part, les observant. Ah! ah!

LE ROI. Ce que j'allais ajouter, ne le devinez-vous pas, Marie?

MARIE. Je ne le devine pas, sire!...

MAZARIN. Mais si je ne me trompe, sire, ce merveilleux bracelet était destiné à celle...

LE ROI. A celle qui doit être ma femme!...

MAZARIN. Eh bien?...

LE ROI, vivement. Eh bien!

MARIE, l'arrêtant d'un regard. Sire!...

LE ROI. Eh bien! notre cassette est assez riche pour payer d'autres parures.. Tenez, la reine vient de ce côté... Ma mère vous aime beaucoup, mademoiselle, elle sera ravie de vous voir, et je veux lui montrer comme ce bracelet vous sied bien, (Lui offrant la main.) Allons au-devant d'elle, je vous prie...

MARIE. J'obéis, sire! (Elle lui donne la main.)

UN PAGE. La reine! (Anne d'Autriche paraît au fond suivie de sa cour. Le roi et Marie se dirigent vers elle.)

MAZARIN, les suivant des yeux. Reine de France! une Mancini! Reine de France... (Avec joie.) Pourquoi pas?...

ACTE QUATRIÈME

CINQUIÈME TABLEAU

Une salle du Louvre.

SCÈNE PREMIÈRE

MAUREVERT, PIMENTEL.

MAUREVERT. Entrez, monseigneur.

PIMENTEL. Me voici au Louvre!

MAUREVERT. Oui, monseigneur, vous êtes au Louvre... personne n'a remarqué Votre Excellence!

PIMENTEL. Personne!

MAUREVERT. Vous m'avez ordonné de vous introduire ici, mais je ne suis pas sans inquiétude...

PIMENTEL. Calmez-vous... le danger n'a réellement existé, pour moi, que de la frontière d'Espagne à Paris. Ici, nous n'avons rien à craindre, le Louvre est lieu d'asile, et les propositions que je viens faire, au nom de Sa Majesté Catholique, peuvent être repoussées, mais on ne saurait y répondre par une sentence de mort.

MAUREVERT. Qu'ordonne maintenant Votre Excellence?

PIMENTEL. Voyez le plus tôt possible M. de Mazarin; j'attendrai que vous ayez préparé Son Éminence, et qu'elle consente à me recevoir.

MAUREVERT. Voici le cardinal! entrez là, et attendez...

PIMENTEL, entrant dans un salon à droite. C'est bien!

MAUREVERT, fermant la porte. Il était temps!...

SCÈNE II

MAUREVERT, LE CARDINAL, MARCASSAR.

MAZARIN. Ah! ah! c'est vous, mon cher Maurevert.

MAUREVERT. Monseigneur!

MAZARIN. Marcassar vient de me faire son petit rapport.. la journée d'hier a été bonne.

MAUREVERT. Très-bonne, monseigneur, nous avons pris messieurs de Vivonne, de Chaulnes, de Longueval et d'autres meneurs de la Fronde.

MAZARIN. Et vous avez couronné ces exploits par quelques œuvres pies. (Riant.) C'est on ne peut mieux, Maurevert.

MAUREVERT. Des... œuvres pies?...

MAZARIN. N'est-il pas vrai, Marcassar?

MARCASSAR. Oh! c'est très-vrai, monseigneur... J'ai vu monsieur de Maurevert faisant l'aumône à un pauvre mendiant bien intéressant...

MAZARIN. En vérité!...

MAUREVERT, à part. Que veut-il dire?

MARCASSAR. Ah! il est bien comme il faut, ce mendiant-là... sous ses haillons déchirés, il vous a du linge blanc et fin...

MAZARIN. Ah!...

MAUREVERT, à part. Le misérable !

MARCASSAR. Et puis, c'est un phénomène que ce vieux pauvre.

MAZARIN. Un phénomène?...

MAUREVERT. Un...

MARCASSAR. Imaginez-vous, monseigneur, que quand le vieux mendiant est vêtu de ses guenilles ordinaires, sa barbe et ses cheveux sont humiliés, et ils en blanchissent de chagrin ; mais quand la recette est finie, quand le mendiant met son bel habit brodé des dimanches, ses cheveux et sa barbe en sont tout joyeux et redeviennent noirs et luisants comme l'aile d'un corbeau... c'est-il drôle !

MAZARIN, riant. Voilà, en effet, un singulier miracle !...

MAUREVERT, à part. Comment a-t-il pu savoir ?...

MAZARIN. Qu'en dites-vous, Maurevert?...

MAUREVERT. Votre Éminence doute-t-elle de ma fidélité ?

MAZARIN. Non, un excès de zèle, voilà tout !...

MAUREVERT, haut. Eh bien, je dis, monseigneur, qu'il faut que monsieur Marcassar soit fou, pour venir vous assombrir l'esprit en y semant l'inquiétude et le soupçon ; je dis qu'il devrait, au contraire, vous éviter toute occasion de tristesse et d'ennui, de peur que, vous rappelant les joyeuses cabrioles qu'il exécute si bien en l'air....

MARCASSAR. Qu'est-ce qu'il dit ?...

MAUREVERT. Il ne vous prenne fantaisie de les lui faire recommencer, un beau jour, pour vous égayer.

MARCASSAR. Les recommencer... et il appelle ça : un beau jour !

MAZARIN, riant. Le fait est qu'il... dansait là-haut de la plus singulière façon, et je gage que s'il recommençait...

MARCASSAR. Oh ! non, non, monseigneur, ces choses-là, c'est... c'est très-amusant à voir la première fois, mais après, voyez-vous, ce n'est plus ça... et puis moi qui connais la chose, je ne... gigotterais plus de la même manière, oh ! du tout, du tout !

MAZARIN. Eh ! bien, tu.... gigotterais autrement, et ce serait peut-être encore plus drôle.

MARCASSAR. Oh ! monseigneur... je vous affirme... je vous jure.... je...

MAZARIN. Allons, c'est une plaisanterie.

MARCASSAR, avec un rire forcé. Ah !... c'est... c'est une... (A part et très-sérieux.) Hou ! il a une manière de plaisanter qui me prend horriblement à la gorge !...

MAZARIN. Je n'ai vu ce matin ni madame de Soissons ni mesdemoiselles Mancini ; va leur dire que je les attends.

MARCASSAR. J'y cours, mon bienfaiteur. (A part.) Ah !... quand je serai assez riche pour épouser Gilberte, avec quel plaisir je planterai là mon bienfaiteur... (Il sort.)

SCÈNE III

MAZARIN, MAUREVERT

MAZARIN. Grâce à la journée d'hier, notre pouvoir est pour longtemps raffermi et.... je suis content de vous, Maurevert.

MAUREVERT. Que monseigneur me permette, alors, de lui demander la récompense de mes services.

MAZARIN, contrarié. Une... récompense... ah !... ah !

MAUREVERT. Votre Éminence m'a promis...

MAZARIN. Oui, oui, il n'est pas mauvais de promettre, mais il faut tenir le plus tard possible.

MAUREVERT. Pourquoi ?...

MAZARIN. D'abord, l'homme qui attend l'effet d'une promesse est toujours dévoué... et... tandis qu'il attend... il ne songe pas à demander autre chose... voyons !... que sollicitez-vous?

MAUREVERT. Je demande les biens, terres et forêts qui ont appartenu à la famille de Ferias.

MAZARIN. La famille de Ferias ! Quel nom avez-vous dit ! quel souvenir osez-vous évoquer !

MAUREVERT. Monseigneur !

MAZARIN. Un nom qui traîne après lui le remords, un souvenir de meurtre et de sang, et tout cela a été votre ouvrage à vous, à vous seul, entendez-vous?...

MAUREVERT. Mais les ordres que j'avais reçus de Votre Éminence.

MAZARIN. Mes ordres, vous les avez outre-passés, vous les avez violés : pour calmer l'esprit inquiet de la reine, je lui avais envoyé, par un serviteur dévoué, toute sa correspondance avec moi. (Maurevert sourit.) Correspondance politique, monsieur de Maurevert !

MAUREVERT, avec une humilité feinte. Correspondance politique, oui, monseigneur.

MAZARIN. Ce messager, des partisans de l'Espagne l'avaient arrêté au passage, et ces précieuses lettres, enfermées par moi dans le coffret d'ivoire de Richelieu, mon maître, ces lettres avaient été déposées au château de Ferias, il fallait s'en emparer à tout prix.

MAUREVERT, vivement. A tout prix, vous l'avez dit, monseigneur.

MAZARIN. Oui, à tout prix, c'est-à-dire au poids de l'or, et non par des flots de sang, non par l'incendie et le meurtre.

MAUREVERT. On refusait de traiter, on refusait de rendre le coffret et les lettres, il fallait bien que personne ne pût les mettre au jour lorsque la paix serait faite avec l'Espagne, et si l'incendie a dévoré le château, c'est que le coffret ayant échappé à mes recherches, il fallait qu'il ne restât qu'un monceau de ruines et de décombres pour que nul ne pût l'y trouver.

MAZARIN, avec reproche. Et vous, cœur sans pitié, vous avez tout égorgé?... aucun de ces malheureux n'a échappé à cet horrible massacre ?

MAUREVERT. Un seul était parvenu à s'enfuir.

MAZARIN, effrayé. Comment... il y en a un ?

MAUREVERT. Nous nous sommes rencontrés, il y a deux mois, il m'a reconnu.

MAZARIN. Miséricorde !

MAUREVERT. Rien ne pouvait le forcer au silence... et... je l'ai tué.

MAZARIN. Tué !...

MAUREVERT. Votre Éminence comprend maintenant pourquoi je lui demande les biens de Ferias, et les ruines de l'ancien château.

MAZARIN. Vous les ferez fouiller avec soin !

MAUREVERT. Oui, monseigneur.

MAZARIN. Si elles tombaient entre les mains du roi, ces lettres que sa mère m'a écrites, je serais perdu.

MAUREVERT. Ainsi, vous m'accordez...

MAZARIN. Je vous donne les ruines d'abord, vous aurez les biens quand vous me rapporterez le coffret.

MAUREVERT. Mais... monseigneur...

MAZARIN. Retrouvez-moi ces lettres, Maurevert, et je vous donnerai cent fois ce que vous me demandez ; car, je vous le répète, cette correspondance avec la reine, ces lettres livrées au roi, ce ne serait pas seulement pour moi la perte du pouvoir, ce serait l'exil, ce serait la mort peut-être.

MAUREVERT. La mort !...

MAZARIN. Silence... mes nièces vont arriver !... Allez, Maurevert... Ah ! si vous rencontrez quelque Espagnol sur votre route, dites-lui que le moment n'est pas venu de s'entendre avec moi... Allez, allez.

MAUREVERT, à part, sortant. Monsieur de Pimentel n'a plus qu'à partir.

SCÈNE IV

MAZARIN, puis OLYMPE, MARIE, MARIANNE et HORTENSE.

MAZARIN, seul. Que venait-il m'offrir, cet envoyé? La paix et, pour le roi, la main d'une princesse espagnole... La paix serait bonne pour la France, peut-être... ce mariage, heureux pour le roi... mais... pour moi?... (Voyant entrer ses nièces.) Elle est charmante, ma petite Marie... une vraie figure de reine...

MARIE. Votre Éminence nous a fait appeler?

MAZARIN. Oui, mes chères nièces, j'ai voulu vous voir pour bien commencer la journée.

MARIANNE, bas à Marie. Oh ! comme il est tendre, aujourd'hui, le grand-oncle !

MARIE, bas. Veux-tu bien te taire, vilaine?

OLYMPE. Monseigneur a-t-il quelques ordres à nous donner?...

MAZARIN. Des ordres, à ma belle Olympe? à ma charmante Hortense? à mon délicieux petit diable de Marianne?

MARIANNE, à part. Il n'a pas parlé de Marie, il y a quelque chose...

MAZARIN. Non, non, pas d'ordres, à toi surtout, ma douce et tendre Marie. (En lui disant ces mots, il lui a pris la main et l'emmène à l'écart.)

MARIANNE, à part, les suivant des yeux. Allons donc, j'en étais sûre.

MAZARIN, bas à Marie. N'as-tu rien à m'apprendre, mon enfant?

MARIE. Non, mon oncle, rien.

MAZARIN, bas. Qu'a dit la reine, en te voyant parée de ce bracelet que t'a donné le roi?

MARIE. La reine a dit, mon oncle, que toutes les nièces de M. de Mazarin lui étaient chères et que mademoiselle Marie de Mancini lui plaisait entre toutes...

MAZARIN, vivement. Elle a dit cela! C'est une grande reine, qui sait ce que vaut une belle et noble enfant comme toi!

MARIE. Mon oncle!

MAZARIN. Oui, oui, tu es véritablement un ange, et... et tu aimes bien ton oncle, n'est-ce pas?

MARIE. Si je vous aime!...

MAZARIN. Et... tu l'aimeras... toujours?...

MARIE. Oui, certes!

MAZARIN, finement. Toujours, et quoi qu'il arrive?...

MARIE. Toujours, mon oncle!

MAZARIN. Viens m'embrasser! (Il l'embrasse.)

HORTENSE, bas. Allons, tout le monde la préfère!

OLYMPE, de même. Patience!

MAZARIN. Mes enfants, j'ai une recommandation à vous faire, je veux vous parler du roi.

TOUTES. Du roi...

MARIE. Du... du roi.

MAZARIN. Depuis quelque temps, il semble triste, préoccupé... Et comme il aime à se trouver parmi vous, je désire que vous vous efforciez de le distraire, d'égayer son esprit, tandis que je m'efforce, moi, de lui épargner les lourds ennuis, les cruels tourments de la politique.

OLYMPE. Nous tâcherons de vous obéir, mon oncle.

MARIANNE, bas à Marie. Comme il aime le roi, notre bon oncle...

MARIE. Oui, en effet...

MARIANNE, même jeu. Et surtout, comme il tient à lui éviter l'ennui de gouverner!...

MARIE. Tais-toi donc, démon...

SCÈNE V

LES MÊMES, LE ROI.

LE ROI, en dehors. Monsieur le cardinal, monsieur le cardinal!

MAZARIN. Eh! c'est la voix du roi!

MARIE. Le roi!

LE ROI, entrant, à Mazarin. Ah! je suis heureux de vous voir.. savez-vous ce qu'on vient de me dire?

MAZARIN. Qu'est-ce donc, sire?

LE ROI. Que messieurs de Vivonne, de Vardes, de Chaulnes et de Longueval sont arrêtés, qu'ils vont être jugés, et peut-être mis à mort.

MARIE, bas à Marianne. Les amis d'Hector, que j'ai promis de sauver.

MARIANNE, de même. Toi, Marie!...

MAZARIN. Sire, ils ont conspiré!

LE ROI. Mais l'État n'a couru aucun danger...

MAZARIN. Grâce aux sages mesures prises par votre gouvernement.

LE ROI. C'est-à-dire par vous, monsieur le cardinal, je le sais.

MAZARIN. La justice doit suivre son cours, sire!... la loi prononcera!

LE ROI, attristé. Oui, en effet, il faut que la loi prononce!

MARIE, bas au roi. Mais au-dessus de la loi, il y a Dieu, sire, et si vous êtes roi par la grâce de Dieu, n'est-ce pas pour pardonner comme lui?...

LE ROI, bas. C'est vrai... Ah! quel noble cœur vous avez, Marie!...

MARIE, baissant les yeux. Sire?

LE ROI, haut. Monsieur le cardinal, je veux...

MAZARIN, étonné. Sire!...

LE ROI, hésitant. Je... je vous supplie de faire grâce aux coupables...

MAZARIN. Le conseil doit être assemblé en ce moment, sire, il examinera cette grave question... Je lui communiquerai le vœu de Votre Majesté, et vous pouvez être assuré, sire, qu'il y sera fait droit, dans la mesure imposée par la sûreté de l'État. (Il s'incline et sort.)

SCÈNE VI

LES MÊMES, moins MAZARIN.

MARIE, bas à Marianne. Il ne les sauvera pas... Comment obtenir du roi?...

MARIANNE, bas. Attends!...

LE ROI, joyeux. Il y sera fait droit!

MARIANNE, au roi, avec intention. Maintenant, sire, qu'allons nous faire?

LE ROI. Oui, qu'allons-nous faire?

MARIANNE. Ah! j'ai une idée, moi!

LE ROI. Laquelle?

MARIANNE. Tandis qu'on délibère gravement là-bas, je propose que nous délibérions ici.

TOUTES. Comment?

MARIANNE. Nous allons jouer au conseil des ministres!

LE ROI, riant. Au conseil des ministres!

OLYMPE. Quelle folie!

HORTENSE. Y penses-tu, Marianne?

MARIANNE. Certainement... Nous ne dirons pas d'aussi belles choses que là-bas, mais ce sera plus amusant.

LE ROI. Eh bien: adopté! (A Olympe.) Madame la comtesse, nous vous nommons notre premier ministre.

OLYMPE. Moi, sire?

LE ROI. Mademoiselle Hortense, surintendant des finances, et mademoiselle Marie au département de grâce et justice... Vous ne me refuserez pas?

MARIE, échangeant un regard avec Marianne. De grâce et justice!... J'accepte, sire.

MARIANNE. Et moi, au département de la guerre.

LE ROI. A merveille!

MARIE. Commençons vite, alors... Marianne, viens m'aider. (Elles lacent une table au milieu de la scène.)

MARIANNE. Voici la table du conseil!...

MARIE. Maintenant, des sièges.

MARIANNE. Voilà, mon cher collègue! (Marianne et ses sœurs ont rangé des sièges autour de la table.)

MARIE. Le conseil sera présidé par le roi!

LE ROI. C'est cela!... Je vais faire mon apprentissage, et quel charmant petit conseil je vais avoir là!... Ah! s'il était toujours composé de la sorte, comme je m'occuperais souvent des affaires de l'État!

MARIE, lui montrant le siége qui lui est destiné. Sire!

LE ROI. Me voici! prenez place, messieurs, la séance est ouverte. (Tout le monde s'assied.) Ah çà, maintenant, sur quelles affaires allons-nous délibérer?

TOUTES. Oui, oui, sur quelles affaires?

MARIE, sérieusement. Mais sur les affaires de la France, sire!

LE ROI. Les affaires de la France... c'est que je ne les connais pas encore beaucoup...

MARIANNE. Oh! c'est pourtant bien facile.

LE ROI. Est-ce que vous les connaissez, vous, monsieur de la guerre?

MARIANNE, gravement. Moi? Très-bien, sire! Vous allez voir! Sire, nous nous battons en ce moment contre les Espagnols, un brave peuple, avec lequel nous ferions mieux de vivre en paix... Je propose donc la paix avec l'Espagne!

LE ROI, souriant. Il n'est pas belliqueux, le ministre de la guerre!

MARIE. Sire! votre peuple aspire peut-être à la paix.

MARIANNE. Certainement!

LE ROI. Nous ferons donc la paix avec l'Espagne.

TOUTES. Adopté, adopté!

LE ROI. A vous, monsieur de la justice.

MARIE. A moi, sire?...

LE ROI. Oui, nous vous écoutons.

MARIE. Eh bien, sire, de braves et loyaux gentilshommes ont été entraînés, égarés par de perfides conseils; aujourd'hui, ils sont soumis et repentants, et j'implore pour eux cette clémence que votre cœur sollicitait il n'y a qu'un instant. Je demande enfin la grâce de messieurs de Vivonne, de Longueval et des autres prisonniers.

OLYMPE. On dirait que c'est sérieusement que vous parlez, ma sœur.

LE ROI. En effet.

MARIE. Et qui donc oserait parler, en riant, devant le roi de France, de Français menacés de mort?

OLYMPE et HORTENSE. Ma sœur!

LE ROI, à Marie. Continuez, mademoiselle!...

MARIE. Oui, c'est sérieusement que je parle, c'est sérieusement que je vous dis : Sire, les coupables ont conspiré, cela est vrai, non contre vous, mais contre le premier ministre, dont la main est peut-être quelquefois trop pesante pour vos sujets. Ce qu'ils demandent, ce qu'ils veulent, c'est que le règne de Votre Majesté commence... enfin, ce qu'ils disent, c'est qu'il vient une heure où les serviteurs les plus dévoués doivent s'effacer et disparaître pour faire place au roi.

MARIANNE. Bravo! il est superbe, monsieur de la justice!

OLYMPE, bas, à part. Voilà d'imprudentes paroles qui pourront te coûter cher, Marie.

LE ROI. Mademoiselle de Mancini, ce que vous venez de dire est noble et beau... Oui, je voudrais qu'on épargnât ces gentilshommes; mais vous savez que le conseil décide en ce moment.

MARIE. Je sais qu'il y a des familles qui souffrent et qui pleurent, qui tendent vers le roi leurs mains suppliantes, je sais que pour une condamnation, pour une sentence de mort, il vous faut des conseillers et des juges; mais pour un acte de clémence et de grâce, le roi n'a besoin de personne!

LE ROI. C'est vrai, cela !...

MARIE. Eh bien, sire, votre nom au bas de ces quelques mots : (Elle écrit à la hâte.) et vous aurez dignement commencé votre règne!

LE ROI. Oui, oui, je veux signer cette grâce ! (Il écrit.)

OLYMPE. À quoi bon, sire! rien de tout cela n'est sérieux, ne sommes-nous pas un conseil pour rire.

MARIE. Vous vous trompez, ma sœur, tout ceci est sérieux et grave, car celui qui a écrit son nom au bas de cet acte, est véritablement roi! Tout ce qui s'est fait ici est digne du plus puissant, du plus sage conseil de ministres, car on y a signé des grâces, car on y a séché des larmes!

MARIANNE. Oh! c'est bien, ça!... Tiens, embrasse-moi, ma sœur !

LE ROI. Ah! Marie, que ne vous ai-je toujours auprès de moi, pour me servir d'appui et de conseil, que n'êtes-vous mon guide, que n'êtes vous ma f...

MARIE, bas. Taisez-vous, sire, taisez-vous...

LE ROI. Non, non, je ne cacherai pas plus longtemps cette admiration que j'éprouve, cette tendresse que je ressens, cet amour qui m'enivre!...

OLYMPE, à part. Son amour!...

MARIE, à part. Ah! vous l'entendez, mon Dieu! vous l'entendez!...

OLYMPE, voyant entrer Mazarin. Le cardinal!...

SCÈNE VII

LES MÊMES, MAZARIN.

MAZARIN. Sire, la peine des coupables a été adoucie, c'est à l'exil seulement qu'ils sont condamnés.

LE ROI. Vous vous trompez, monsieur le cardinal, grâce pleine et entière leur sera faite.

MAZARIN. Que veut dire Votre Majesté?

LE ROI. Je dis qu'il ne peut y avoir de condamnation, le jour où le roi fait choix d'une épouse.

TOUS. Une épouse!

LE ROI. Monsieur le cardinal, ici, devant votre famille assemblée, je vous demande la main de mademoiselle Marie de Mancini.

MAZARIN, à part. La main de...

OLYMPE. Reine de France!

HORTENSE. Elle!...

MARIE, à part. Sa femme!... moi... moi!...

MAZARIN, très-ému. La... la main de ma nièce!

MARIANNE. Quel bonheur! (A Olympe et à Hortense.) N'est-ce pas, Olympe?

OLYMPE, avec dépit. Oui, oui.

MARIANNE. N'est-ce pas, Hortense?

HORTENSE, avec effort. Oui, certes...

MAZARIN. Sire!... j'étais loin de penser... de soupçonner que Votre Majesté songeât... à faire à notre maison un si grand honneur... que...

LE ROI. Consentez! Vous à qui je dois tant déjà, que je vous doive aussi le bonheur.

MAZARIN. Mais que penserait-on de nous, que penserait la cour, la France et... et la reine, votre auguste mère...

LE ROI. Ma mère voudra le bonheur de son fils, et mon bonheur à moi, c'est l'amour de Marie!

MARIE. Sire!...

LE ROI. Je vais à l'instant écrire à la reine... Monsieur le cardinal, c'est vous qui lui remettrez cette lettre, c'est vous qui plaiderez notre cause... A bientôt Marie... à bientôt... (Il s'éloigne, Marie l'accompagne jusqu'à la porte et reste à le regarder en se soutenant à peine.)

SCÈNE VIII

LES MÊMES, moins LE ROI.

MAZARIN, absorbé. Reine! reine de France!...

OLYMPE, bas. Une reine dont vous pourrez être fier.

MAZARIN. Oui, oui, certes...

OLYMPE. Car elle fera de Louis XIV un véritable roi.

MAZARIN. Hein!... tu dis?...

OLYMPE. Car déjà, malgré votre volonté, elle lui a fait signer cette grâce. (Elle lui montre la feuille de papier signée par le roi.)

MAZARIN. Cette... cette grâce... elle...

OLYMPE. Oui, elle, qui disait ici, il n'y a qu'un instant : Il vient une heure où les serviteurs les plus dévoués doivent s'effacer et disparaître pour faire place au véritable roi...

MAZARIN, avec force. Marie!...

MARIE, se retournant. Mon oncle?

MAZARIN, avec douceur. Viens ici, viens auprès de moi, mon enfant... Viens!...

MARIE, s'approchant. Me voici, mon oncle...

MAZARIN, à Olympe et à ses sœurs. Laissez-nous, allez, allez...

SCÈNE IX

MAZARIN, MARIE.

MARIE. Vous voulez me parler?

MAZARIN. Oui, ma fille, oui. (L'embrassant, et à part.) Je saurai bien lire jusqu'au fond de ton cœur. (Haut.) Assieds-toi là mon enfant.

MARIE. Je vous écoute, mon oncle.

MAZARIN. Laisse-moi d'abord te bien regarder... que tu es belle, Marie !

MARIE. Mon oncle...

MAZARIN. Oui, tu es déjà reine par la beauté, et quelle gloire, quel triomphe pour nous, si tu le deviens... réellement, par cette miraculeuse union!

MARIE. Mon oncle, ce n'est pas la puissance, ce n'est pas le trône que j'ambitionne...

MAZARIN. C'est bien, cela! c'est bien!

MARIE. C'est lui, lui seul que j'aime!

MAZARIN. Mais l'amour ne remplit pas la vie tout entière, et la puissance ne gâte rien; ce serait beau de se trouver si haut placé, quand on est parti comme nous de si bas.

MARIE. Monseigneur, votre génie...

MAZARIN, l'observant avec attention. Mon génie!... Hélas! ma pauvre enfant, bientôt, demain peut-être, il s'éteindra lentement.

MARIE. Que dites-vous?

MAZARIN. A toi, Marie, que le ciel semble appeler à de si hautes destinées, je dois parler autrement que je parlais ce matin à tes sœurs; Marie, je suis déjà vieux, et le roi est encore bien jeune.

MARIE. C'est vrai...

MAZARIN. Trop jeune! hélas! si l'on compare la légèreté de son caractère, de son esprit, à la mission qu'il doit accomplir.

MARIE. Oui, je vous comprends, l'âme grande et noble de Mazarin s'inquiète des destinées de la France... il voudrait...

MAZARIN. Je voudrais mon enfant, que des conseils tout-puissants sur son cœur, les conseils d'une femme bien-aimée vinssent m'aider à mûrir l'âme de mon royal élève.

MARIE. Eh bien! comptez sur moi... monseigneur !

MAZARIN. Tu le guideras, n'est-ce pas?

MARIE, avec force. Je le ferai, je le ferai, mon oncle.

MAZARIN. Oui! je voudrais qu'au jour où ces clameurs, qui déjà s'élèvent contre moi, se changeront en cris de colère et de menace, je voudrais que la main du roi fût assez forte pour porter le sceptre, assez puissante pour remplacer cette main débile... Je voudrais enfin, qu'au jour où ma popularité chancelante s'écroulera, celle du roi pût surgir rayonnante et glorieuse de l'amour de son peuple !

MARIE. Oh! c'est bien... c'est bien, et vous dites vrai, vous l'avez compris... le peuple s'agite parce qu'il souffre...

MAZARIN. Parce qu'il souffre, certainement.

MARIE. Et pour faire renaître le calme, la prospérité, il faudrait...

MAZARIN. Il faudrait le repos du ministre, et l'avénement du roi.

MARIE, exaltée. Ah! mon oncle! vous êtes réellement grand vous êtes réellement noble, et combien je vous ai méconnu!

MAZARIN. Toi!...

MARIE. Je vous accusais de calculs égoïstes, je croyais qu'une ambition vulgaire cherchait à éterniser le pouvoir dans vos mains.

MAZARIN. Tu pensais cela!... oh!...

MARIE. Aveugle et coupable que j'étais! je croyais tout cela, quand c'est le bonheur de la France, quand c'est la gloire du roi que demande votre âme généreuse? Ah! pardonnez-moi, mon oncle, et laissez-moi vous embrasser comme je vous aime. (Elle se jette dans ses bras.)

MAZARIN. Bonne et chère Marie! ah! c'est une douce joie que de sentir auprès de soi un cœur qui comprenne le vôtre... Mais je me sens vivement ému... va retrouver tes sœurs, ma fille...

MARIE. Oui, oui, mon ami, mon père! (Elle lui baise les mains.)

MAZARIN, très-tendre. Ma bonne fille! (Changeant de ton dès qu'elle est sortie.) Tu ne seras pas reine de France!... Ah! oui, Olympe disait vrai! c'est une ennemie que j'allais placer au-dessus de moi... Un cœur tendre! une âme délicate et dévouée... faites donc de la politique avec cela!...

SCÈNE X

MAZARIN, MAUREVERT.

MAUREVERT, entrant. Monseigneur !...

MAZARIN. Ah ! monsieur de Maurevert, amenez ici l'Espagnol.

MAUREVERT, étonné. L'Espagnol ?...

MAZARIN. Oui, l'homme que vous avez introduit au Louvre.

MAUREVERT. Que... j'ai introduit...

MAZARIN. Que vous tenez caché, là, en attendant qu'il puisse repartir sans être vu, amenez-le, vous dis-je, je veux le voir sur l'heure... Allez ! allez !

MAUREVERT. J'obéis, monseigneur. (Il sort.)

MAZARIN. Je n'ai plus à hésiter... Entraîner le roi, étonner la cour, confondre les partis... Oui, oui, c'est décidé.

SCÈNE XI

MAZARIN, MAUREVERT, PIMENTEL.

MAUREVERT. Vous êtes le marquis de Pimentel, envoyé secret de Sa Majesté Catholique.

PIMENTEL. Monseigneur !

MAZARIN. Vous venez m'offrir la paix.

PIMENTEL. C'est vrai, monseigneur.

MAZARIN. Je l'accepte au nom de la France !... Vous venez me proposer, pour le roi, la main de Son Altesse royale l'infante d'Espagne...

PIMENTEL. C'est vrai.

MAZARIN. Je l'accepte au nom de Sa Majesté Louis XIV ! (Pimentel s'incline.) La paix sera annoncée aujourd'hui même, mais je désire que le mariage reste secret jusqu'à demain.

PIMENTEL. Vous serez obéi, monseigneur.

MAZARIN. Et maintenant, monsieur l'ambassadeur, si vous avez quelques conditions à nous proposer, quelque demande à nous faire, parlez... l'Espagne est désormais sœur de la France, nous n'avons rien à refuser à ses enfants.

PIMENTEL. J'ai, en effet, une chose importante à demander à Votre Éminence, non pas en mon nom, monseigneur, mais au nom du roi mon maître.

MAZARIN. De quoi s'agit-il ?

PIMENTEL. Il s'agit du châtiment d'un crime.

MAZARIN. Un crime !

PIMENTEL. Commis sur une illustre famille espagnole... qui jadis habitait en Flandre.

MAUREVERT, à part. En Flandre !

PIMENTEL. Il s'agit aussi de la restitution des biens de cette famille, injustement séquestrés.

MAZARIN. De quelle famille parlez-vous, monsieur de Pimentel ?

PIMENTEL. Je parle, monseigneur, des duc et comte de Ferias.

MAUREVERT. Ferias !

MAZARIN. Ferias ! (Lentement d'une voix calme.) Retenez bien ce nom-là, monsieur de Maurevert.

PIMENTEL. Je parle enfin, monseigneur, de femmes, d'enfants traîtreusement égorgés et dont le sang crie vengeance.

MAZARIN. Avez-vous quelques indices qui puissent mettre sur la trace des coupables ?...

PIMENTEL. Nous en trouverons.

MAZARIN. Et nous agirons alors... Quant aux biens de cette famille de... Ferias, je crois, à qui seraient-ils restitués ?... Existe-t-il des héritiers ?

MAUREVERT. Aucun, si je ne me trompe.

PIMENTEL. Par bonheur, vous vous trompez, monsieur de Maurevert.

MAUREVERT. Comment... vous pensez !...

MAZARIN. Il existe quelqu'un ?...

PIMENTEL. Une jeune fille, Carmen de Ferias, échappée au massacre, et conduite en France, sous un faux nom, par un serviteur fidèle...

MAUREVERT. Et cette jeune fille !...

MAZARIN. Oui... cette jeune fille...

PIMENTEL. Doit être à Paris, monseigneur. Ce serviteur donnait de temps à autre des nouvelles de mademoiselle de Ferias ; mais lorsque j'ai quitté l'Espagne, il avait cessé d'écrire, il y a de cela près de deux mois.

MAZARIN, regardant Maurevert. Ah !... deux mois !...

MAUREVERT, à part. C'était lui !

PIMENTEL. Mais aujourd'hui que la paix est convenue, les recherches seront faciles.

MAUREVERT, très-vivement. Et c'est moi qui les ferai !

MAZARIN. Vous !... vous, Maurevert !... Mais j'ai hâte de publier la nouvelle de la paix !... Donnez l'ordre d'intro-

duire... (A Pimentel.) Souvenez-vous que le prochain mariage du roi doit rester secret jusqu'à demain.

PIMENTEL. Je m'en souviendrai, monseigneur.

SCÈNE XII

LES MÊMES, MARIE, OLYMPE, HORTENSE, MARIANNE, LA COUR, puis LE ROI.

LE ROI, entrant, une lettre à la main. Monsieur le cardinal !

MAZARIN. Sire ! (Il s'incline, ainsi que la cour.)

LE ROI, bas. Voici la lettre que j'adresse à la reine. (Il la lui donne.)

MARIE. La lettre !

LE ROI, à Mazarin. N'oubliez pas que nous comptons sur vous...

MAZARIN, bas. Je n'oublierai rien, sire, (Regardant Marie.) rien, je le promets... Maintenant, sire, permettez-moi de vous annoncer, ainsi qu'à toute la cour, à toute la France, que le vœu de Votre Majesté est accompli et que la paix est faite avec l'Espagne.

TOUS. La paix !

LE ROI. J'en suis bien heureux, monsieur le cardinal.

MARIANNE, à Marie. La paix ! mais nous l'avions décidée avant lui.

MAZARIN. J'ai l'honneur de présenter à Votre Majesté le marquis de Pimentel, ambassadeur de Sa Majesté Catholique.

LE ROI. Soyez le bienvenu, monsieur le marquis !

SCÈNE XIII

LES MÊMES, HECTOR, GILBERTE, MARCASSAR.

MARCASSAR, entrant à reculons par la droite. Ordre du cardinal... laissez entrer, vous dis-je...

MAZARIN. Qu'est-ce donc ?

MARCASSAR. Monseigneur, c'est nous, c'est... (Se retournant.) Oh !... (A Hector et à Gilberte.) Le roi ! toute la cour !

GILBERTE et HECTOR. Le roi !

MARIE. Mais, c'est mon cousin...

LE ROI. Votre cousin ?...

MARIE. Et, je ne me trompe pas, Gilberte.

GILBERTE. Marie ! ah ! me voilà rassurée maintenant.

LE CARDINAL, à Hector avec mauvaise humeur. Vous, ici ?

LE ROI. Votre cousin, disiez-vous, mademoiselle.

MARIE. Oui, sire !...

MAZARIN, avec tendresse. Un neveu que m'envoie le ciel, sire...

HECTOR, à part. Et qu'il enverrait volontiers au diable.

LE ROI. Soyez le bienvenu, monsieur...

HECTOR. Hector Martinozzi, sire.

LE ROI. Un gentilhomme de plus pour la France.

HECTOR. Un soldat de plus pour Votre Majesté !

LE ROI, s'approchant de Gilberte. Et cette charmante jeune fille, est-elle aussi de votre famille ?

GILBERTE. Non, sire, je n'ai pas cet honneur, je suis une orpheline dont le vœu le plus ardent était de se trouver en présence de Votre Majesté.

LE ROI. En notre présence ! pourquoi ?... parlez.

GILBERTE. Parce que... Oh ! maintenant que ce vœu s'accomplit... daignez me pardonner, sire, mais l'émotion... et puis, mes souvenirs, mes souvenirs... (S'agenouillant devant le roi.) Je ne peux plus, sire, je ne peux plus...

LE ROI. Remettez-vous, mademoiselle.

MARIE. Gilberte... ne craignez rien... vous avez ici des amis... Tu as une sœur, Gilberte. (La prenant dans ses bras.) Entends-tu ? une sœur !...

GILBERTE. Ah ! je l'avais bien pressenti que ce serait un bonheur pour moi de vous retrouver ; vous serez mon appui, mon soutien.

MARIE. Et tu en trouveras ici de plus puissants que moi : le roi, et après lui le cardinal. Allons... parle maintenant, du courage...

LE ROI. Parlez, mademoiselle...

GILBERTE. Eh bien ! sire, ma famille tout entière a été assassinée.

TOUS. Assassinée !

PIMENTEL. Votre famille ?

GILBERTE. Un seul ami, un unique soutien me restait. A peine étions-nous arrivés à Paris, il y a deux mois, qu'on l'a tué presque sous mes yeux.

MAUREVERT, bas. C'est elle...

MAZARIN, bas. Oui... oui... c'est...

MARIE. Quoi ! ce brave homme qui l'accompagnait, à qui j'ai parlé ?

GILBERTE. Ils l'ont tué aussi, Marie.

PIMENTEL. Pardon, mademoiselle, votre nom, je vous prie.

GILBERTE. Gilberte... est le seul nom que je me connaisse.

PIMENTEL. Il en est un autre, que je crois connaître, moi.

MAZARIN. Vous !

PIMENTEL. Le serviteur qui vous accompagnait, s'appelait Jean Oudard, n'est-ce pas ?

GILBERTE. C'est vrai.

PIMENTEL. Eh bien, mademoiselle, vous êtes Laura-Carmen de Ferias.

TOUS. Carmen de Ferias !

GILBERTE. Ferias... oui... ce nom résonne dans mon cœur comme un souvenir d'enfance...

MARCASSAR, à part. Une grande dame !... Adieu mes pauvres amours !...

PIMENTEL. Monsieur le cardinal, c'est pour cette enfant que je vous demandais tout à l'heure justice et réparation.

MAZARIN. En effet, oui... c'est pour elle...

GILBERTE. Et moi, sire, afin de remplir la dernière volonté de mon père... je dois remettre entre les mains de Votre Majesté un coffret d'ivoire...

MAZARIN, à part avec épouvante. Le coffret !...

GILBERTE. Que le roi lui-même doit ouvrir.

MAZARIN, même jeu. Les lettres de la reine !

LE ROI. Et ce coffret, mademoiselle ?

GILBERTE. Il avait été soigneusement caché par ce dernier serviteur qui m'avait sauvée... Mon père avait dit en mourant : Le jour où ma fille pourra, appuyée sur un bras fort et loyal, se présenter devant le roi de France, elle lira les papiers renfermés dans le coffret ; elle saura alors qui elle est, de qui nous devons être vengés, et quel secret, enfin, elle va livrer au roi.

MAZARIN, à part. Tout est perdu !

LE ROI. Et cet ami loyal et dévoué, vous l'avez trouvé, mademoiselle ?

GILBERTE, montrant Hector. Oui, sire, le voilà !...

MARCASSAR, à part. Lui !...

GILBERTE. Il sait maintenant où est enfoui ce dépôt sacré...

HECTOR. Et demain, au lever du soleil, je rapporterai ce coffret.

LE ROI. Demain, mademoiselle, nous vous recevrons au Louvre.

GILBERTE. J'y serai, sire...

MAZARIN, bas à Maurevert. A tout prix, qu'elle ne puisse revenir !

MAUREVERT, bas. Elle disparaîtra, monseigneur.

MAZARIN. Et le coffret ?...

MAUREVERT. C'est moi qui le rapporterai à Votre Éminence.

HECTOR. Venez, Gilberte...

MAUREVERT, bas. Elle part !...

MARIE, à Gilberte. Non, je ne veux pas que tu partes... Nous sommes à présent tes seuls amis, ton unique famille, tu resteras avec moi... Ton appartement sera là, près du mien, et je vais t'y conduire.

LE ROI. Mademoiselle Marie, n'oubliez pas que nous vous attendons au cercle de la reine... A bientôt.

MARIE. A bientôt, sire !... (Tout le monde s'éloigne, excepté Mazarin, Maurevert et quelques officiers.)

MARCASSAR, à part. C'est lui qu'elle aime ! Qu'est-ce que je vais devenir ? Ah ! j'ai bien envie d'aller me rependre un peu. (Il s'éloigne tout chagrin. Maurevert désigne aux officiers la porte par laquelle sont sorties Marie et Gilberte.)

MAUREVERT. Attendez que mademoiselle de Mancini se soit éloignée, et soyez prêts à exécuter mes ordres.

MAZARIN. Vos ordres... Lesquels ?...

MAUREVERT. Cette fois, monseigneur, vous avez bien dit à tout prix !

MAZARIN. Oui, mais pas de sang.... Vous m'avez entendu, pas de sang, Maurevert ! (Il sort.)

MAUREVERT. Soit ! la rivière est profonde, au bas du Louvre, et quand dix heures sonneront, Carmen de Ferias disparaîtra pour toujours...

<hr>

SIXIÈME TABLEAU

Au bord de la Seine. — A gauche du spectateur, un coin de la berge. — Au fond, la tour de Nesle, une partie du Pont-Neuf, quelques maisons, et un vaste panorama éclairé par la lune.

SCÈNE UNIQUE

MAUREVERT, seul, écoutant sonner l'heure. Dix heures, et rien, rien encore !... Mes ordres devraient être exécutés maintenant... Si mademoiselle de Mancini n'avait pas quitté Gilberte ! Quelle anxiété ! le temps passe, personne sur la berge, pas une barque sur l'eau, et toutes les lumières éteintes ? Ah ! quelqu'un !... (Un officier entre.) Eh bien ! Gilberte ?...

L'OFFICIER. Mes hommes l'ont saisie... bâillonnée... On l'apporte.

GILBERTE, au dehors. A moi ! au secours !...

MAUREVERT. Ces cris !... ah !... elle s'est échappée de leurs mains ! (Gilberte accourt, pâle, échevelée, les vêtements en désordre et suivie de deux hommes.)

GILBERTE. Secourez-moi ! sauvez-moi !... (Reconnaissant Maurevert et s'élançant vers lui.) Ah ! monsieur de Maurevert ! sauvez-moi ! sauvez-moi !...

MAUREVERT. Emparez-vous d'elle ! (On la saisit et on cherche à étouffer ses cris.)

GILBERTE, se débattant. Grâce ! grâce !

MAUREVERT. Exécutez mes ordres ! (On la précipite dans la rivière.)

GILBERTE, tombant. Ah !

MAUREVERT. Tout est fini !... La voilà !... la voilà !... (On voit flotter sur l'eau le corps de Gilberte.) Engloutie... disparue... Plus rien à craindre d'elle !... Hector Martinozzi, à nous deux, maintenant !...

<hr>

ACTE CINQUIÈME
SEPTIÈME TABLEAU
Le décor du premier acte.

SCÈNE PREMIÈRE
HECTOR seul, puis MAUREVERT.

HECTOR, creusant la terre au pied d'un arbre. Ouf ! voilà un métier dont je n'ai guère l'habitude... rien encore !... Je ne me suis pas trompé, cependant, et j'ai bien creusé la terre à l'endroit désigné... au pied du chêne du roi et du côté qui fait face à la forteresse... voilà le chêne et voilà la forteresse... Voyons, jedois approcher... un peu de courage... (Il se remet au travail.)

MAUREVERT, entrant, à part. C'est bien lui !...

HECTOR. Il m'a semblé entendre... (Il s'élance vivement du côté où Maurevert a paru ; celui-ci se cache avec précaution d'arbre en arbre.) Personne... j'ai craint un instant d'avoir été suivi... mais non... tout est tranquille... je suis bien seul... à la besogne...

MAUREVERT, à part. C'est ici que j'ai frappé Jean Oudart... il y a comme ça des places fatales.

HECTOR. Tout cet attirail me gêne... (Il se débarrasse de ses armes.) A la bonne heure !...

MAUREVERT, à part. Si je pouvais m'emparer de ses armes...

HECTOR. Quelque chose a résonné... là... oui... oui... (Il rejette la terre à pleines mains.) C'est la cassette...

MAUREVERT, à part. Ah !...

HECTOR. Enfin !... (Il dépose le coffret devant l'arbre.) Quels secrets sont donc enfermés là ?...

MAUREVERT, à part. Allons !... (Il s'est glissé jusqu'aux armes d'Hector et va les saisir.

HECTOR, bondissant. Mais il y a quelqu'un ici !... (Il reprend ses armes par un mouvement rapide. Maurevert s'est redressé.) Comment, c'est vous, cher monsieur de Maurevert...

MAUREVERT. Mon Dieu, oui, cher monsieur Hector.

HECTOR. Vous êtes bien matinal ?...

MAUREVERT. Et vous ?...

HECTOR. Est-ce que vous viendriez pour notre duel... Pardon, je crois qu'il y a erreur.

MAUREVERT. Je ne crois pas, moi.

HECTOR. C'est à Saint-Germain que nous devions régler nos petites affaires et nous sommes à Vincennes...

MAUREVERT. Nous sommes à Vincennes.

HECTOR. Eh bien ?...

MAUREVERT. Eh bien ?...

HECTOR. Je ne comprends pas du tout, cher monsieur.

MAUREVERT. Rien de plus simple, cependant, cher monsieur... Je vous ai suivi et me voilà...

HECTOR. Ah ! vous m'avez... suivi... mais vous êtes donc bien pressé de... de rendre votre âme au diable ?

MAUREVERT. Peut-être !... Mais qu'est-ce que c'est donc que ce coffret ?...

HECTOR. Pardieu, vous le voyez bien, c'est un coffret en ivoire... qui sera aujourd'hui même entre les mains du roi.

MAUREVERT. Vous vous trompez, monsieur; car c'est entre les miennes que vous allez le remettre.

HECTOR. Vous dites?...

MAUREVERT. Je dis que je veux avoir cette cassette et que je l'aurai...

HECTOR. Mais, Dieu me pardonne, vous êtes fou!...

MAUREVERT. Je dis que si vous ne vous prêtez pas de bonne grâce à me la laisser prendre, je saurai bien vous l'arracher par la force...

HECTOR. Drôle!... vous osez.

MAUREVERT. Oh! pas d'injures, pas de menaces... Il s'agit pour vous de vie ou de mort...

HECTOR. Allons donc!... Est-ce qu'on meurt quand on a une telle mission à remplir!

MAUREVERT. A moi, vous autres... (Quatre officiers sont accourus auprès de Maurevert.) Vous voyez, cher monsieur, j'ai pris mes précautions!... Eh bien! céderez-vous maintenant?

HECTOR. Vous êtes, en effet, aussi prévoyant que le disaient messieurs de Verdes et de Vivonne, qui, sachant que je vous avais pour ennemi, voulaient me suivre à toute force, comme vous ont suivi ces... messieurs...

MAUREVERT. Par malheur, cher monsieur, ils ne l'ont pas fait...

HECTOR. Hélas, non, cher monsieur, ils ne m'ont pas suivi, mais ils m'ont précédé... Par ici, mes amis...

DE VIVONNE, du dehors. Nous voici, Hector, nous voici! (Il accourt avec de Chaulnes, de Vardes et de Longueval.) Eh bien!... que vous disais-je, Hector?... C'est un guet-apens, n'est-ce pas?...

HECTOR. Oui, un guet-apens!

DE LONGUEVAL. Mais nous sommes là, messieurs!...

HECTOR. Eh bien, à Paris, et sus aux coupe-jarrets!

TOUS. Sus aux coupe-jarrets. (Ils s'élancent les uns sur les autres et le combat s'engage entre tous avec des péripéties diverses.)

DE VIVONNE, au fond. Hector, la route est libre!

HECTOR, donnant un dernier coup d'épée à Maurevert. Adieu, M. de Maurevert! — A Paris, messieurs! (Il sort en courant, l'épée dans une main et la cassette dans l'autre.)

HUITIÈME TABLEAU

Une vaste salle du Louvre.

SCÈNE PREMIÈRE

OLYMPE, MARIANNE, HORTENSE, assises autour d'une table couverte de riches écrins : Pimentel debout à quelques pas d'elles.

OLYMPE. Les merveilleux bijoux!...

MARIANNE. Moi, j'en suis tout éblouie!

HORTENSE. Et vous dites, monsieur l'ambassadeur...

PIMENTEL. Je dis, mademoiselle, que ces écrins vous sont envoyés par le roi d'Espagne, mon maître, et que Son Éminence, qui m'avait d'abord demandé de les tenir en réserve, m'a permis ce matin de vous les offrir.

MARIANNE. Nous acceptons...

HORTENSE. Avec reconnaissance.

OLYMPE. Et pour que nos remercîments aient plus de valeur, monsieur le marquis, nous prierons notre oncle de vouloir bien les transmettre lui-même à Sa Majesté le roi d'Espagne...

PIMENTEL. Soyez convaincue, madame la comtesse, que Sa Majesté attache le plus grand prix à l'amitié du cardinal et aux bons sentiments de toute sa famille.

MARIANNE. Ah! l'adorable collier!... si j'osais...

PIMENTEL, souriant. Osez, mademoiselle...

MARIANNE, prenant le collier. Vrai... je le mets tout de suite, alors!

PIMENTEL. Mais j'espérais trouver ici mademoiselle Marie de Mancini.

OLYMPE. Marie?...

PIMENTEL. J'ai aussi un présent pour elle; celui-là, c'est Son Éminence qui l'a choisi...

HORTENSE. Ah! le cardinal l'a choisi!...

PIMENTEL. En me priant de le remettre moi-même à mademoiselle Marie...

OLYMPE. Vous-même?

MARIANNE. Eh bien, vous pouvez tout de suite accomplir cette haute mission, car voici Marie.

SCÈNE II

LES MÊMES, MARIE.

MARIE. Qu'y a-t-il donc?...

MARIANNE. Il y a, ma chère, que monsieur l'ambassadeur d'Espagne nous offre de merveilleux bijoux, et que nous t'attendions pour faire aussi ton choix...

MARIE. Vous savez bien, mes sœurs, que je n'ai pas de choix à faire...

PIMENTEL. Mademoiselle!

MARIE. Ne prenez pas mon refus en mauvaise part.. j'ai fait le serment de ne jamais accepter d'autres bijoux que ce bracelet...

OLYMPE, bas. Orgueilleuse!

HORTENSE, de même. Patience!

PIMENTEL. Ce bracelet...

MARIE. M'a été donné par le roi, monsieur..

MARIANNE. Qui l'a attaché lui-même au bras de Marie...

PIMENTEL. Je comprends, mademoiselle, que de pareils cadeaux fassent naître de pareils serments; mais je n'en dois pas moins remplir la promesse que j'ai faite à monsieur le cardinal.

MARIE. Une promesse?... expliquez-vous, monsieur.

PIMENTEL. Eh bien, mademoiselle, ainsi que je le disais, il n'y a qu'un instant, à vos sœurs, c'est M. le cardinal qui a choisi lui-même, parmi les présents venus de Madrid, celui qui devait vous appartenir.. c'est un bracelet aussi...

MARIE. C'est singulier...

PIMENTEL. Donnez ce bijou à ma nièce Marie, a dit Son Éminence, Je désire qu'elle porte ce bracelet, offert par Marie-Thérèse qui sera bientôt reine de France.

MARIE, avec terreur. Marie... Marie-Thérèse... reine de France.

PIMENTEL. Oui, mademoiselle...

MARIE. Et c'est le cardinal qui vous a chargé de me dire...

PIMENTEL. Il n'y a qu'un instant...

MARIE. Lui?

MARIANNE, à part. Ma pauvre sœur!...

PIMENTEL, lui présentant l'écrin. J'espère donc que vous voudrez bien accepter, mademoiselle...

MARIE. Moi.. que je..

MARIANNE, bas. Marie!...

MARIE, essayant de se remettre. Je vous remercie, monseigneur...

PIMENTEL. Ce n'est pas à moi, mademoiselle, c'est à Son Altesse royale l'infante d'Espagne, qu'appartiennent vos remercîments.

MARIE, avec un calme affecté. Je remercie Son Altesse royale l'infante d'Espagne, monseigneur. (Elle lui fait une profonde révérence.)

PIMENTEL. Mademoiselle... (Il salue et sort.)

SCÈNE III

LES MÊMES, moins PIMENTEL.

MARIE, éclatant. Sa femme!... ai-je bien ma raison? sa femme, a-t-il dit.

OLYMPE. C'est là sans doute, ma chère, la condition principale de la paix.

MARIE. C'est impossible, c'est faux, entendez-vous, je vous dis que c'est faux.. (Regardant Olympe et Hortense.) Ah!... vous êtes trop joyeuses, cela doit être vrai, mon Dieu, cela doit être vrai!...

MARIANNE. Ma bonne Marie!

MARIE. Oh! comme je souffre!... il a fallu me contenir devant cet homme, et maintenant!... mes yeux se troublent, mes genoux fléchissent et je sens mon cœur se briser... ah! si je pouvais mourir...

OLYMPE et HORTENSE. Ma sœur...

MARIE. Laissez-moi!... laissez-moi!... ne m'approchez pas!... je veux être seule!... Je vous pardonne, mais votre présence m'est odieuse, votre pitié hypocrite me fait un mal horrible!... Mais ne comprenez-vous pas que les larmes m'étouffent et que je ne peux pas, que je ne veux pas pleurer devant vous?... (Elles sortent.)

MARIANNE, s'agenouillant près de Marie. Est-ce que tu me renvoies aussi?...

MARIE. Oh! non, chère enfant, non! tu es bonne, toi, tu m'aimes, tu me plains! et s'il y avait encore pour moi des consolations sur la terre, c'est dans ton sourire que je les trouverais, Marianne.

MARIANNE. Sourire! il me semble que je ne le pourrai plus jamais.

MARIE. Oh! je souffre bien, va!... et si tu savais comme je me sens faible en face de la douleur!... Abandonnée! trahie par lui, est-ce que cela est vraiment possible?... quand hier encore il était à mes genoux, pressant mes mains dans les siennes, et que je m'enivrais de ses douces paroles, et que je lisais dans ses yeux souriants tout un avenir de bonheur, toute une éternité d'amour!... Et de ces serments, de cette foi mutuelle, il ne reste plus rien!... rien!... Oh! non, non, il faut que je voie Louis, que je lui parle, et si mon arrêt doit sortir de sa bouche, fasse le ciel que je tombe morte à ses pieds!... Allons, du courage!... (Elle fait quelques pas, et se trouve en face du roi.) Ah!

LE ROI, la regardant étonné. Marie?...

MARIE, bas à Marianne. Laisse-nous, laisse-nous...

MARIANNE. Oui, oui... Marie... (S'éloignant.) Je suis bien coquette, mais voilà un collier que je ne porterai jamais... (Elle détache le collier et sort.)

SCÈNE IV

MARIE, LE ROI, puis MAZARIN.

LE ROI. Marie!... pourquoi ce trouble?... pourquoi ces larmes?...

MARIE. Il le demande!

LE ROI. Marie! chère Marie! qu'avez-vous? répondez!...

MARIE. Hier, sire, vous m'avez juré que vous m'aimiez?...

LE ROI. Je vous le jure encore... je vous aime toujours...

MARIE. Vous m'aimez, et vous épousez l'infante d'Espagne!...

LE ROI. Moi?... qui dit cela?... S'il a été question de ce mariage, je l'ai repoussé déjà et je suis prêt à le repousser encore; je vous aime, Marie, et je n'aime que vous!...

MARIE. Ah! si c'était vrai!...

LE ROI. Laissez-moi votre main! ne détournez plus vos beaux yeux pleins de larmes!... Marie!... ma bien-aimée Marie!... vous faut-il d'autres serments? Je suis prêt à les faire!

MARIE. Tout ce que je vous demande, Louis, c'est de répéter encore que vous m'aimez.

LE ROI. Oui, je t'aime! je t'aime!... Dans mon cœur, dans mes rêves, dans ma vie tout entière, il n'y a qu'une image, il n'y a qu'une pensée... la tienne... toujours la tienne...

MARIE. Oh! parlez!... parlez encore!...

LE ROI. Tu es mon amie, ma compagne, ma femme enfin; auprès de toi, je suis heureux... à tes pieds, j'oublie tout... (Mazarin s'est approché d'eux à pas lents.)

MAZARIN. Sire!... il y a une chose que vous ne pouvez oublier.

LE ROI. Laquelle?...

MAZARIN. C'est que vous êtes le roi, et qu'avant tout, vous vous devez à votre peuple.

LE ROI. Je ne l'oublie pas, monsieur, et la paix que nous allons signer avec l'Espagne...

MAZARIN. Cette paix ne sera conclue que si vous donnez une reine à la France...

LE ROI. Eh bien! cette reine s'appellera ..

MAZARIN, avec force. Elle s'appellera Marie-Thérèse d'Espagne...

MARIE. Mon oncle?... monseigneur?...

MAZARIN. Marie-Thérèse d'Espagne, sire!...

LE ROI. Jamais!...

MAZARIN. Cela sera pourtant...

LE ROI. Jamais, vous dis-je!... qui donc m'y forcerait?...

MAZARIN. Votre devoir de roi!

LE ROI. Je vous trouve bien hardi d'oser me le dicter, monsieur...

MARIE. Louis!... Sire!... Oh! pas de colère!... pas de menace!... Il sait que nous nous aimons, il n'a pu résister à nos prières, il se laissera mieux encore fléchir par nos larmes!... Pitié, mon oncle! ne me condamnez pas à la douleur, au désespoir, à la mort!... Ce n'est pas le roi que j'aime, vous le savez bien, et l'ambition n'a pas de place dans un cœur qui ne bat que pour lui!... Je suis une pauvre fille qui aime, voilà tout, et cet amour, c'est ma vie...

LE ROI. Marie!...

MARIE. Non, laissez-moi tâcher encore de le fléchir. Écoutez, monseigneur, écoutez. Je ne demande même plus à être sa femme...

LE ROI. Que dites-vous?...

MARIE. Je partirai, s'il le faut, je m'exilerai, je ferai le serment de ne jamais le revoir, et il me suffira, pour être heureuse, de savoir qu'il pense à moi, qu'il me regrette peut-être, et que mon souvenir est vivant dans son âme... Mais ce que je demande, ce que je demande à genoux, c'est qu'il n'en épouse pas une autre... c'est qu'il ne dise pas à une autre : je l'aime, comme il me l'a dit à moi!... Oh! je vous en conjure, je vous en supplie, monseigneur, ayez pitié, au nom du ciel, ayez pitié de moi!...

LE ROI. Ah! monsieur, vous ne serez pas insensible à ses prières, aux miennes!... Voyez... nos fronts s'inclinent, nos genoux se courbent et nous tendons vers vous nos mains suppliantes.

MAZARIN. Cruels enfants!... cruels enfants!

MARIE. Il s'émeut, Louis, il s'attendrit.

MAZARIN. Oui, j'ai eu la faiblesse de sourire à votre amour et cette faiblesse, je ne l'ai pas encore tout à fait arrachée de mon cœur!...

MARIE. Hier, vous avez compris toute l'étendue, toute la sincérité de cet amour!

LE ROI. Hier, vous avez encouragé nos espérances, vous avez consenti à cette union, qui est le plus cher de nos rêves...

MAZARIN. Hier! nous étions fous tous les trois!... Nous n'avions que des pensées d'ambition, de joie sans mélange, d'avenir sans nuage!... Cette jeune fille songeait à son amour, vous à votre bonheur, et moi, misérable égoïste que je suis, j'osais rêver cet honneur inouï de m'allier au sang royal!...

LE ROI. Dites un mot, monseigneur, et je fais monter Marie sur le trône de France.

MAZARIN. Et la guerre recommencera... une guerre implacable, cette fois, éternelle...

LE ROI. Et glorieuse, monsieur!...

MAZARIN. Mais où trouverez-vous des armes, des vaisseaux, des soldats, quand la France est épuisée d'or et de sang?

LE ROI, se troublant. La France!

MAZARIN. Elle a soif de repos, après tant d'années de luttes, de souffrances et de misères.

LE ROI, avec abattement. Mon peuple est-il malheureux à ce point?...

MAZARIN. Si malheureux que ce flot de haine qui ne menace encore que le ministre pourrait monter jusqu'au roi. Voilà ce que je ne veux pas, sire! Qu'on m'accuse, qu'on me calomnie... qu'on me tue, soit!... je consens à tout, je suis prêt à tout, si, en immolant au service de Votre Majesté ma famille et moi-même, je sauve cette couronne que Dieu a confiée à ma garde!

LE ROI. O mon devoir!... mon amour!...

MARIE. Louis!... Ah! si vous faiblissez, je suis perdue!

LE ROI, à Mazarin. Mais voyez donc ses larmes, écoutez donc ses sanglots...

MAZARIN. Ici, une femme qui pleure... mais là, sire, la France qui souffre, qui attend, qui jette vers son roi un cri de détresse et d'angoisse! choisissez!...

LE ROI. Est-ce que c'est possible, mon Dieu...

MARIE. Louis!... ne m'abandonnez pas!... ne me désespérez pas!... Au nom de votre amour! au nom de vos serments!... au nom de tout ce qu'il y a de plus sacré dans le cœur d'un homme!... moi aussi je crie vers vous... moi aussi je vous demande grâce! épargnez-moi!... sauvez-moi!... aimez-moi!

LE ROI. Marie! Marie!

MAZARIN. Sire, accomplissez le plus saint des devoirs! Nous souffrirons, cela est vrai ; mais qu'importent nos déchirements intimes, si la France est sauvée de la ruine! qu'importent quelques larmes, s'il ne coule plus des flots de sang!...

LE ROI. Ah! ma tête se perd!... O Seigneur! dans ce trouble où je m'agite, dans cet abime où je me débats, à qui donc demander un aide, un appui, un conseil suprême!...

MAZARIN. A votre mère, sire!

LE ROI. A ma mère... oui... à ma mère!...

MAZARIN. Elle est là, sire, qui vous appelle, qui vous ouvre ses bras.

LE ROI. Oui... oui... c'est près d'elle que je trouverai la force, l'inspiration, la lumière... Espérons, Marie, espérons!... (Il sort vivement.)

MARIE, s'élançant vers le roi. Louis!...

MAZARIN, la dressant devant la porte. Marie, il vient une heure où les serviteurs les plus dévoués doivent s'effacer et disparaître!... Cette heure-là n'a pas encore sonné pour moi!

MARIE, avec terreur. Ah! je comprends tout!... c'est à son ambition qu'il immole mon amour!...

MAZARIN. Marie, vous allez, aujourd'hui même, partir avec vos sœurs pour le château de Brouage.

MARIE. L'exil, la disgrâce, la séparation!... Oh! non pas, monsieur!... Votre masque est tombé trop tôt!... le roi saura tout!... le roi verra clair dans votre âme!... Il m'aime, vous le savez bien; et je suis la plus forte, et ce contrat qui est votre ouvrage, ce contrat qui devait faire de lui le mari de l'infante...

MAZARIN. Il le signe en ce moment, sous l'œil d'Anne d'Autriche!...

MARIE. Non! non! la reine ne brisera pas le cœur de celle

qu'elle appelait déjà sa fille... et sa volonté souveraine...

MAZARIN. Anne d'Autriche n'a plus de volonté quand Mazarin commande !...

MARIE. Je veux voir la reine, et je la verrai...

VOIX, au dehors. Vive l'infante ! vive l'infante !

MAZARIN. Vive l'infante... Vous entendez... il est trop tard.

MARIE, avec désespoir. Ah ! je suis abandonnée... je suis perdue !...

MAZARIN. Vos sœurs vous attendent, soyez prête à partir !

SCÈNE V

LES MÊMES, HECTOR, MARCASSAR.

HECTOR, paraissant au fond, pâle et sévère. Ne permettrez-vous pas, monseigneur, que je lui fasse mes adieux ?...

MAZARIN. Hector !...

HECTOR. Oui, Hector, que vos honnêtes serviteurs ont voulu assassiner, mon bon oncle !...

MARIE. Toi ! toi !... Ah ! monseigneur, ce ne sont pas seulement des larmes, c'est aussi du sang que vous faites verser...

MAZARIN. Non, je n'ai pas dit, je n'ai pas ordonné...

HECTOR. Mais me voilà vivant encore...

MARCASSAR, soulevant le manteau d'Hector. Et voici le petit coffret, monseigneur.

MAZARIN. Le... le... coffret !... (Il s'élance pour le saisir.)

HECTOR. J'ai failli le payer de ma vie... je ne le remettrai qu'au roi...

MAZARIN. Mais...

HECTOR. Au roi seul !...

MARCASSAR, à part. Faut pas toucher ! ça brûle...

MAZARIN. Monsieur !

UN PAGE, annonçant. Le roi !...

SCÈNE VI

LES MÊMES, LA COUR, LES NIÈCES DE MAZARIN, PIMENTEL, LE ROI.

LE ROI, avec une émotion profonde. Messieurs, notre mariage avec l'infante d'Espagne est décidé... C'est la paix pour la France, c'est, je l'espère, le bonheur pour mon peuple... (Bas à Marie.) Ce bonheur, le ciel me le doit bien, Marie, je l'aurai payé assez cher... (Marie se cache, en pleurant, la tête dans les mains.)

MAZARIN, vivement. Sire, ma nièce va quitter Paris, et il importe que Votre Majesté...

MARIE. Je partirai, monsieur, quand le roi aura fait justice des assassins.

LE ROI. Des assassins !... que voulez-vous dire ?...

HECTOR. Que Votre Majesté ordonne d'amener ici M. de Maurevert !... (Sur un signe du roi, un officier sort.)

LE ROI. Mais vous pâlissez, vous chancelez, monsieur...

HECTOR. Oh ! ce n'est rien, sire, deux coups d'épée que j'ai reçus de la main de monsieur que voilà, dans le guet-apens qu'il m'avait tendu... (Il montre Maurevert qui entre.) Mais il en a reçu quatre ou cinq de la mienne, et des bons, ceux-là !

LE ROI, à Maurevert. Monsieur, vous rendrez compte de ce crime...

HECTOR. Et d'un autre bien plus infâme encore, sire...

LE ROI. Un autre !

HECTOR, désignant Marcassar. Que Votre Majesté permette à ce garçon de dire ce qu'il sait.

MARCASSAR. Au roi, moi... Ah ! ciel de Dieu !

LE ROI. Expliquez-vous, parlez !...

MARCASSAR. Oui, sire... Majesté... mon roi !... je vais... Eh bien, voilà, sire... Je me trouvais, par hasard, dans la rivière, entre deux eaux...

LE ROI. Dans la rivière ?...

MARCASSAR. Oui, sire... J'avais d'abord voulu me pendre, mais comme j'avais déjà été décroché une fois, j'ai mieux aimé me jeter à l'eau, et je m'y suis jeté !... Mais voilà qu'arrivé au fond, je sens quelqu'un qui se cramponne après moi et qui me serre à la gorge ! Ah ! ça m'ais !... on en veut à mes jours, que je me dis !... Et alors je me défends comme un beau diable !... J'essayais bien aussi de crier : Au secours !... à l'assassin ! mais la voix ne sortait pas et c'est l'eau qui entrait... Enfin, pendant la lutte, je touche vigoureusement le fond... je remonte à la surface avec mon ennemi, je nage vers le bord... avec mon ennemi, je parviens à me tirer de la rivière... avec mon ennemi... et cet ennemi, c'était mademoiselle Gilberte !

SCÈNE VII

LES MÊMES, GILBERTE, soutenue par MARIANNE et suivie de VIVONNE et de LONGUEVAL.

LE ROI. Mademoiselle de Ferias !

MAUREVERT et MAZARIN. Elle !...

MARIE. Gilberte !... mon amie !... ma sœur !...

GILBERTE. Marie !... chère Marie ! je n'espérais plus vous revoir ! et il a fallu un miracle pour m'arracher à la mort !

MAZARIN, à Maurevert. La mort !

GILBERTE. Sire, la nuit dernière, en plein Louvre, des misérables se sont emparés de moi, ils ont étouffé mes cris, ils m'ont précipitée dans la Seine, et le chef des assassins, le voilà, sire !...

LE ROI. Justice sera faite, je le jure !

MAUREVERT, bas à Mazarin. Monseigneur ?...

MAZARIN, de même. Un meurtre !... encore un meurtre !... arrière... je ne vous connais plus !...

MAUREVERT. Ah ! vous m'abandonnez !... Eh bien !... ces crimes dont on m'accuse, on en trouvera le secret dans ce coffret que mademoiselle de Féria devait remettre entre les mains du roi... on y trouvera aussi le nom du vrai coupable !...

LE ROI. Ce coffret ?...

HECTOR, posant la cassette sur la table. Le voilà, sire !... (Le roi s'approche pour l'ouvrir.)

MAZARIN. Arrêtez, sire !... c'est à moi, c'est à votre ministre qu'il appartient...

LE ROI. Non, monsieur, le dernier vœu d'un mourant a été que le roi seul lût ces papiers, le roi seul les lira !...

MAZARIN, à part. Je suis perdu !... (Tombant accablé dans un fauteuil.) Je suis perdu !...

LE ROI, ouvrant le coffret et lisant quelques papiers qu'il en tire. Des parchemins... des titres de famille...

GILBERTE, bas à Marie. Marie !... j'ai ouvert cette cassette... c'était l'ordre de mon père... Hector et moi, nous en avons retiré ces lettres.

MARIE, à Hector. Ces lettres...

HECTOR, bas. Écrites par la reine-mère à M. de Mazarin...

MARIE. Ah !...

GILBERTE. C'est la vengeance de ma famille...

HECTOR. C'est la condamnation de la reine, c'est le désespoir du roi !

MARIE. Grand Dieu !

GILBERTE. Je vous les donne, Marie... faites ce que votre conscience vous dira de faire.

MARIE, prenant les lettres. Merci !... merci !... (Elle marche lentement vers Mazarin abattu et livide.)

LE ROI. Encore des documents qui prouvent que mademoiselle est bien l'héritière des Ferias.

MAUREVERT. Cherchez, sire, il y a autre chose.

MARIE, bas à Mazarin. Reconnaissez-vous ces lettres, monsieur ?...

MAZARIN, de même. Grand Dieu !

MARIE. Tenez... c'est ainsi que je me venge... (Elle s'approche de la cheminée et jette les lettres au feu.)

MAZARIN, très-humble. Marie... ma bonne Marie. (Il cherche à lui prendre les mains et à les lui baiser.)

MARIE, se dégageant et regardant le roi. C'est pour lui, monsieur, pour lui seul !...

MAUREVERT. Ah ! ces lettres qui brûlent... là... là !...

LE ROI, s'élançant. Quelles sont ces lettres ?...

MARIE, bas. Celles que vous m'aviez écrites, et qu'il ne m'était plus permis de conserver... c'est mon dernier adieu...

LE ROI. Marie ! (Bas.) Mais je vous aime toujours.

MARIE. Vous m'aimez, vous êtes roi... et je pars !... (Elle se dirige vers le fond.)

HECTOR et GILBERTE. Marie !

MARIE. Sire, je vous confie le soin de leur bonheur... eux, du moins, qu'ils soient heureux !

LE ROI. Je les aimerai, je les protégerai, car je ne serai plus seulement le roi, je serai le maître !

MAZARIN. Sire !

LE ROI. Le seul maître, monsieur !... (Gilberte et Hector sont groupés au fond avec Marie qui jette un dernier regard au roi.)

MARCASSAR, à part. Allons, je crois que le moment est venu de planter là mon bienfaiteur.

MARIE, au roi. Adieu ! adieu !...

FIN

LIBRAIRIE MICHEL LÉVY FRÈRES, rue Vivienne, 2 bis, et bould des Italiens, 15, A LA LIBRAIRIE NOUVELLE

ŒUVRES COMPLÈTES DE H. DE BALZAC, NOUVELLE ÉDITION COMPLÈTE EN 45 VOLUMES
à 1 franc 25 centimes le volume. — Chaque volume se vend séparément.

LA COMÉDIE HUMAINE

SCÈNES DE LA VIE PRIVÉE

TOME 1. — La Maison du chat qui pelote. Le bal de Sceaux. La Bourse. La Vendetta. Madame Firmiani. Une double Famille.
TOME 2. — La Paix du Ménage. La fausse Maîtresse. Étude de Femme. Autre Étude de Femme. La grande Bretèche. Albert Savarus.
TOME 3. — Les Mémoires de deux jeunes Mariées. Une Fille d'Ève.
TOME 4. — La Femme de trente ans. La Femme abandonnée. La Grenadière. Le Message. Gobseck.
TOME 5. — Le Contrat de Mariage. Un Début dans la Vie.
TOME 6. — Modeste Mignon.
TOME 7. — Béatrix.
TOME 8. — Honorine. Le colonel Chabert. La Messe de l'Athée. L'interdiction. Pierre Grassou.

SCÈNES DE LA VIE DE PROVINCE

TOME 9. Ursule Mirouet.
TOME 10. Eugénie Grandet.
TOME 11. — Les Célibataires I. Pierrette. Le Curé de Tours.
TOME 12. — Les Célibataires II. Un Ménage de Garçon.
TOME 13. — Les Parisiens en Province. L'illustre Gaudissart. La Muse du département.
TOME 14. — Les Rivalités. La Vieille Fille. Le Cabinet des Antiques.
TOME 15. — Le Lys dans la vallée.
TOME 16. — Illusions perdues I. Les deux Poètes. Un grand Homme de province à Paris (première partie).
TOME 17. — Illusions perdues II. Un grand Homme de province (2e partie). Ève et David.

SCÈNES DE LA VIE PARISIENNE

TOME 18. — Splendeurs et Misères des courtisanes. Esther heureuse. A combien l'amour revient aux Vieillards. Où mènent les mauvais chemins.
TOME 19. — La Dernière Incarnation de Vautrin. Un Prince de la Bohème. Un Homme d'affaires. Gaudissart II. Les Comédiens sans le savoir.
TOME 20. — Histoire des Treize. Ferragus. La duchesse de Langeais. La Fille aux yeux d'or.
TOME 21. — Le Père Goriot.
TOME 22. — César Birotteau.
TOME 23. — La Maison Nucingen. Les Secrets de la princesse de Cadignan. Les Employés. Sarrasine. Facino cane.
TOME 24. — Les Parents pauvres, I. La Cousine Bette.
TOME 25. — Les Parents pauvres, II. Le Cousin Pons.

SCÈNES DE LA VIE POLITIQUE

TOME 26. — Une Ténébreuse affaire. Un Episode sous la Terreur.
TOME 27. — L'Envers de l'Histoire contemporaine. Madame de la Chanterie. L'Initié. Z. Marcas.
TOME 28. — Le Député d'Arcis.

SCÈNES DE LA VIE MILITAIRE

TOME 29. — Les Chouans. Une Passion dans le Désert.

SCÈNES DE LA VIE DE CAMPAGNE

TOME 30. — Le Médecin de campagne.
TOME 31. — Le Curé de village.
TOME 32. — Les Paysans.

ÉTUDES PHILOSOPHIQUES

TOME 33. — La Peau de chagrin.
TOME 34. — La Recherche de l'absolu. Jésus-Christ en Flandre. Melmoth réconcilié. Le Chef-d'œuvre inconnu.
TOME 35. — L'Enfant maudit. Gambara. Massimilla Doni.
TOME 36. — Les Marana. Adieu. Le Réquisitionnaire. El Verdugo. Un Drame au bord de la mer. L'Auberge rouge. L'Élixir de longue vie. Maître Cornélius.
TOME 37. — Sur Catherine de Médicis. Le Martyr calviniste. La Confidence des Ruggieri. Les deux Rêves.
TOME 38. — Louis Lambert. Les Proscrits. Seraphita.

ÉTUDES ANALYTIQUES

TOME 39. — Physiologie du mariage.
TOME 40. — Petites Misères de la vie conjugale.

CONTES DROLATIQUES

TOME 41. *Premier dizain.* — La belle Imperia. Le Péché véniel. La mye du roy. L'Héritier du diable. Les Joyeulsetés du roy Loys le unzième. La Connestable. La pucelle de Thilouse. Le Frère d'armes. Le Curé d'Azay-le-Rideau. L'Apostrophe.
TOME 42. *Deuxième dizain.* — Les trois Clercs de Sainct-Nicolas. Le Jeusne Françoys premier. Les Bons propous des religieuses de Poissy. Comment feut basty le Chasteau d'Azay. La Faulse Courtisane. Le danger d'être trop cocquebin. La chiere noictée d'amour. Le prosne du joyeulx curé de Meudon. Le Succube. Despérance d'amour.
TOME 43. *Troisième dizain.* — Perséverance d'amour. D'ung iusticiard qui ne se remembroyt les choanses. Sur le moyne Amador, qui feut un glorieux abbé de Turpenay. Berthe la repentie. Comment la belle fille de Portillon quinaulda son iuge. Cy est remonstré que la fortune est tousiours femelle. D'ung paouvre qui avoyt nom le vieulx par-chemins. Dires incongrus de trois pelerins. Naïveté. La belle Impéria mariée.

THÉÂTRE

TOME 44. — Vautrin, drame en 5 actes. Les Ressources de Quinola, comédie en 5 actes et un prologue. Paméla Giraud, pièce en 5 actes.
TOME 45. — La Marâtre, drame intime en 5 actes et 8 tableaux. Le Faiseur (Mercadet), comédie en 5 actes (entièrement conforme au manuscrit de l'auteur.)

PUBLICATIONS IN-4°, A 10 CENTIMES LA LIVRAISON
MUSÉE LITTÉRAIRE DU SIÈCLE ET MUSÉE CONTEMPORAIN

ROGER DE BEAUVOIR
Le Chev. de St-Georges. » 90
Le Chevalier de Charny. » 90

CH. DE BERNARD
Un Acte de vertu. . . » 50
La Peine du Talion . » 50
L'Anneau d'argent. . » 50
Une Avent. de Magistrat. » 30
La Cinquantaine. . . » 50
La Femme de 40 ans. » 90
Le Gendre. . . . » 50
L'Innocence d'un Forçat » 30
La Peine du talion . » 30
Le Persécuteur . . . 30

CHAMPFLEURY
Grands hom. du ruisseau » 60

LA COMTESSE DASH
Les Galanteries de la cour de Louis XV... 3 »
La Régence. . . » 90
La Jeunesse de Louis XV. » 90
Les Maîtresses du roi. » 90
Le Parc aux cerfs. . » 90

ALEXANDRE DUMAS
Acté. . . . . . » 90
Amaury. . . . » 90
Ange Pitou. . . 1 80
Ascanio. . . . 1 50
Le Bâtard de Mauléon. 2 »
Le Capitaine Paul. . » 70
Le Capitaine Richard. » 90
Causeries.- Les 3 Dames. 1 30
Cécile. . . . . » 90
Césarine. . . . » 50
Charles le Téméraire. 1 30
Le Château d'Eppstein. 1 50
Chevalier d'Harmental.. 1 50
Chev. de Maison-Rouge. 1 50
Le Collier de la reine. 2 50
La Colombe. — Murat. » 50
Les Compagnons de Jéhu. 1 80
Comte de Monte-Cristo. 4 »
La Comtesse de Charny 4 50
La Comtesse de Salisbury 1 50
Conscience l'Innocent. 1 30
La Dame de Monsoreau. 2 50
Les Deux Diane. . . 2 20
Dieu dispose. . . . 1 80
Les Drames de la Mer. » 70
Fem. au coll. de velours » 70
Une Fille du Régent. . » 90
Les Frères corses. . . » 60
Gabriel Lambert. . . » 90
Gaule et France. . . » 90
Georges. . . . . » 90
Un Gil Blas en Californie. » 70
La Guerre des Femmes. 1 65
L'Horoscope. . . . » 90

Impressions de voyage.
Une Année à Florence. » 90
L'Arabie heureuse.. 2 10
Les Bords du Rhin. 1 30
Le Capitaine Aréna. » 90
Le Corricolo. . . 1 65
De-Paris à Cadix. . 1 65
En Suisse. . . . 2 20
Le Midi de la France 1 30
Quinze Jours au Sinaï. » 90
Le Spéronare. . . 1 50
Le Véloce. . . . 1 65
La Vie au Désert. . 1 30
La Villa Palmieri. » 90
Ingénue.. . . . . 1 80
Jehanne la pucelle. . » 90
John Davys. . . . 1 80
Les Louves de Machecoul 2 50
La Maison de Glace. . 1 50
Le Maître d'armes. » 90
Mariages du père Olifus » 70
Les Medicis . . . . » 70
Mém. de Garibaldi (Comp.) 1 30
 1re série. (Séparement) » 70
 2e série (—) » 70
Mém. d'un Méd. (Balsamo) 4 »
Les Mille et un Fantômes » 70
Les Mohicans de Paris. 3 60
Les Morts vont vite. . 1 50
Nouvelles. . . . . » 50
Olympe de Clèves. . 2 60
Pauline. . . . . » 50
Le Père Gigogne. . . 1 50
Le Père la ruine. . . » 90
Les Quarante-Cinq. . 2 50
La Reine Margot. . . 1 65
La Route de Varennes. » 70
El Salteador. . . . » 70
Salvator. . . . . 4 »
Souvenirs d'Antony . » 90
Sylvandire.. . . . » 90
Le Test. de M. Chauvelin » 70
Les Trois Mousquetaires 1 65
Le Trou de l'Enfer. . » 90
La Vie de Bragelonne. 4 75
Une Vie d'Artiste . . » 70
Vingt Ans après . . 2 20

ALEX. DUMAS FILS
Césarine. . . . . » 50
Le Prix de Pigeons. . » 50

XAVIER EYMA
Les Femmes du nouveau monde. . . . » 90

PAUL FÉVAL
Les Amours de Paris. 1 30
Le Bossu ou le petit Parisien. . . . 2 50
Le Fils du Diable. . 3 »
Le Tueur de Tigres. » 70

THÉOPHILE GAUTIER
Constantinople. . . » 90

LÉON GOZLAN
Nuits du Père-Lachaise. » 90

CHARLES HUGO
La Bohême dorée. . 1 50

CH. JOBEY
L'Amour d'un Nègre . » 90

ALPHONSE KARR
Fort en thème. . . . » 70
La Pénélope Normande » 90
Sous les tilleuls. . . » 90

A. DE LAMARTINE
Les Confidences . . » 90
L'Enfance. . . . » 50
Geneviève. . . . » 70
Graziella. . . . » 60
La Jeunesse. . . . » 60
La Vie de Famille. . » 50

LE DOCTEUR F. MAYNARD
L'Insurrection de l'Inde. » 70

MÉRY
Un Acte de désespoir. » 50
Bonheur d'un Millionn. » 50
Château des trois Tours. » 70
Le Château d'Udolphe. » 50
Conspiration au Louvre » 70
Diam. aux mille facettes. » 60
Histoire de ce qui n'est pas arrivé. . . . » 10
Les Nuits anglaises. . » 90
Les Nuits italiennes. . » 90
Simple Histoire. . . » 70

HENRY MURGER
Les Amours d'Olivier. » 30
Le Bonhomme Jadis. » 30
Madame Olympe. . . » 50
Maîtresse aux mains roug. » 30
Scènes de la Bohême... » 90

JULES SANDEAU
Sacs et parchemins. . » 90

EUGÈNE SCRIBE
Carlo Broschi. . . » 50
Proverbes. . . . » 70

FRÉDÉRIC SOULIÉ
Au Jour le jour. . . » 70
Avent. de Saturnin Fichet 1 30
Le Bananier. . . . » 50
La Comtesse de Monrion » 70
Confession générale. . 1 80
Les Deux Cadavres. . » 70
Les Drames inconnus. 2 50
La Maison n° 3 de la rue de Provence . . . » 70
Aventures d'un Cadet. » 70
Amours de Vict. Bonsenne » 70
Olivier Duhamel. . . » 70
Eulalie Pontois. . . » 30
Les Forgerons. . . » 50
Huit Jours au château. » 70
La Lionne. . . . » 70
Le Maître d'École. . » 30
Marguerite. . . . » 50
Les Mémoires du Diable 2 »
Les Quatre Napolitaines 1 30
Les Quatre Sœurs. . » 50
Si Jeunesse savait, si Vieillesse pouvait. . . . 1 50

ÉMILE SOUVESTRE
Deux Misères. . . . » 90
L'Homme et l'Argent. » 70
Jean Plébeau.. . . » 50
Pierre Landais. . . » 50
Les Réprouvés et les Élus 1 50
Souven. d'un Bas-Breton 1 50

EUGÈNE SUE
Les Sept Péchés capitaux 5 »
 L'Orgueil. . . . 1 50
 L'Envie. . . . » 90
 La Colère. . . . » 70
 La Luxure. . . . » 70
 La Paresse. . . » 50
 L'Avarice. . . . » 50
 La Gourmandise. . » 50
La Bonne Aventure. . 1 50
Gilbert et Gilberte. . 2 70
Le Diable médecin. . 2 70
La Femme séparée de corps et de biens. » 90
La Grande Dame. . » 50
La Lorette. . . . » 30
La Femme de lettres. » 90
La Belle-Fille . . » 50
Les Mémoires d'un Mari. 2 70
Mariage de convenance 1 50
Un Mariage d'argent. » 90
Mariage d'inclination. » 50
Les Fils de famille. . 2 70

THÉÂTRE CONTEMPORAIN ILLUSTRÉ
A 20 CENTIMES CHAQUE PIÈCE. — 1 FRANC LA SÉRIE BROCHÉE DE CINQ PIÈCES.

1re SÉRIE.
Le Chiffonnier de Paris. 20
La Closerie des Genets. 40
Un ... dans un v. d'eau. 40
Le Merle au Diable. 40
Pas de fumée sans feu. 40

2e SÉRIE.
Trois Rois, trois Dames. 20
La Marâtre. 40
La Ferme de Primerose. 40
Le Chev. de Maison-R. 40
L'Habit vert. 20

3e SÉRIE.
Benvenuto Cellini. 40
Frisette. 20
Clarisse Harlowe. 40
La Reine Margot. 40
Jean le Postillon. 40

4e SÉRIE.
La Foi, l'Esp. et la Char. 40
Le Bal du Prisonnier. 40
Hamlet. 40
Le Lait d'ânesse. 40
Hortense de Blengis. 20

5e SÉRIE.
Le Fils du diable. 40
Une Dent sous Louis XV. 40
Le Livre noir. 40
Midi à quatorze heures. 40
La Petite Fadette. 20

6e SÉRIE.
La Vie de Bohême. 40
Graziella. 40
La Chambre rouge. 40
Un Jeune Homme pressé. 20
Le Docteur ... 20

7e SÉRIE.
Martin et Bamboche. 40
Les Deux Sans-culottes. 40
Les Myst. du Carnaval. 40
Croque-Poule. 40
Une Fièvre brûlante. 40

8e SÉRIE.
Bataille de Dames. 20
Le Pardon de Bretagne. 40
La Parure de Jules Denis. 40
Paris qui dort. 40
Paris qui s'éveille. 40

9e SÉRIE.
Intrigue et Amour. 40
Le March. de Jouets d'Enf. 40
Gentil Bernard. 40
Jobin et Nanette. 40
Le Collier de Perles. 40

10e SÉRIE.
Le Bourgeois de Paris. 20
Contes de la Reine de Nav. 40
Qui se dispute s'adore. 40
Marie Simon. 40
La famille Poisson. 40

11e SÉRIE.
Les Nuits de la Seine. 40
Un Garçon chez Very. 40
Un Chap. de Paille d'It. 40
L'Oncle Tom. 40
Chasse au Lion. 40

12e SÉRIE.
Berthe la Flamande. 40
Le Mari qui n'a r. à faire. 40
Le Testam. d'un garçon. 20
La Chatte blanche. 40
L'Amour pris aux chev. 40

13e SÉRIE.
Le Courrier de Lyon. 40
Par les Fenêtres. 40
Le Roi de Rome. 20
Un M. qui suit les femmes. 40
La Terre promise. 40

14e SÉRIE.
Les 7 Péchés capitaux. 40
La Tête de Martin. 40
Le Sage et le Fou. 20
Le Muet. 40
Un Merlan en b. fortune. 40

15e SÉRIE.
Les Quatre Fils Aymon. 40
Scapin. 40
Un Prem. Coup de canif. 20
Roquelaure. 40
Une Nuit orageuse. 40

16e SÉRIE.
La Mendiante. 40
La Tonelli. 40
Les Avocats. 20
Marianne. 40
Une Charge de cavalerie. 40

17e SÉRIE.
Les Coulisses de la vie. 40
Un Ami acharné. 40
La Bergère des Alpes. 40
Les Paniers de la Comt. 40
Marie ou l'Inondation. 40

18e SÉRIE.
Les 7 Merv. du Monde. 40
Un Coup de Vent. 40
Notre-Dame de Paris. 40
Les Lundis de Madame. 40
La Chât. des Sept-Tours. 20

19e SÉRIE.
Les Mystères de l'Été. 40
Voyage autour d'une f. F. 40
Le Cœur et la Dot. 20
Un Ut de Poitrine. 40
Léonard le perroquier. 20

20e SÉRIE.
Les 7 Merveilles du n° 7. 40
L'Ami François. 40
Les Enfers de Paris. 40
Atala. 40
La Nuit du vendr. saint. 20

21e SÉRIE.
Les Cosaques. 40
Un M. qu'on n'att. pas. 40
Bertram le Matelot. 40
L'Amour au magnétréot. 40
Irène, ou le Magnétisme. 40

22e SÉRIE.
Les Mystères de Londres. 40
Un Vilain Monsieur. 40
Le Lys dans la Vallée. 40
Un Homme entre 2 airs. 40
La Forêt de Sénart. 20

23e SÉRIE.
Catilina. 40
Théodore. 40
Le Voile de Dentelle. 40
Les Fureurs de l'Amour. 40
Les Folies dramatiques. 20

24e SÉRIE.
La Comt. de Sennecey. 40
Edgard et le Bonhé. 40
Manon Lescaut. 40
Les Mém. de Richelieu. 40
L'Âne mort. 20

25e SÉRIE.
- Le Vieux Caporal — 40
- Diane de Lys et de Cam.
- Gr. et Déc. de Prudhon.
- Elodie
- Thérèse, ou Ange et Diab. — 20

26e SÉRIE.
- Par qui pl. et Par qui r. — 40
- Le Chêne et le Roseau
- Les Orph. de Valneige — 20
- Marie Rose
- L'Ambigu en hab. neufs — 40

27e SÉRIE.
- Un Notaire à marier — 40
- Les Rendez-vous Bourg.
- L'Honneur de la Maison — 40
- Le Laquais d'Arthur
- L'Argent du Diable — 20

28e SÉRIE.
- La Boisière — 40
- Quand on rit... sa Bourse
- Le Ciel et l'Enfer — 40
- Souvent Femme varie
- Gastibelza — 20

29e SÉRIE.
- Schamyl — 40
- Deux Femmes en gage
- D'Armée d'Orient
- Où passerai-je mes Soir.
- Les Gaîtés champêtres — 20

30e SÉRIE.
- La Bonne Aventure — 40
- En Bonne Fortune
- Guzman le Brave — 40
- Ce que vivent les Roses
- Les Oiseaux de la Rue — 20

31e SÉRIE.
- Le Prophète — 40
- Un Vieux de la Vieille
- Echec et Mat — 40
- Mam'zelle Rose
- Louise Nanteuil — 20

32e SÉRIE.
- La Prière des Naufragés — 40
- Un Mari en 150
- Les Cinq Cents Diables — 40
- A Clichy
- Harry le Diable — 20

33e SÉRIE.
- Boccage — 40
- Cerisette en prison
- La Vie d'une Coméd.
- Le Manteau de Joseph — 40
- Le Chevalier d'Essonne — 40

34e SÉRIE.
- Souvenir de jeunesse — 40
- York
- Georges et Marie — 40
- Sous un bec de gaz
- Lulli — 20

35e SÉRIE.
- Marthe et Marie
- Une Femme qui se grise
- L'Enfant de l'amour — 40
- Le Sourd
- Le Marbrier — 20

36e SÉRIE.
- Les Oiseaux de Proie — 40
- Un feu de Cheminée
- La Croix de Maris
- Le Chevalier Coquet — 40
- Hortense de Cerny — 20

37e SÉRIE.
- Paris — 40
- La Mort du Pêcheur
- Un Mauvais Riche
- Dans les Vignes — 40
- Le Gant et l'Éventail — 20

38e SÉRIE.
- L'Histoire de Paris
- Pygmalion
- Salvator Rosa — 40
- Un Cœur qui parle
- Le Vicaire de Wakefield — 20

39e SÉRIE.
- Les Grands Siècles
- Le Devin du Village
- Le Donjon de Vincennes — 40
- Les Jolis Chasseurs
- Le Théâtre des Zouaves — 20

40e SÉRIE.
- Le Moulin de l'Ermitage
- Les Derniers Adieux
- Le Gâteau des Reines — 40
- Une Pleine Eau
- Aimer et Mourir — 20

41e SÉRIE.
- Le Sergent Frédéric
- Le Duel de mon Oncle — 40
- La Florentine
- Jeanne Mathieu
- Songe d'une Nuit d'hiv. — 20

42e SÉRIE.
- Les Noces vénitiennes
- L'Héritage de ma Tante
- Le Sire de Framboisy — 40
- L'Homme sans Ennemis
- La Chasse au Roman — 20

43e SÉRIE.
- Le Paradis perdu — 40
- En manches de chemise
- Les Maréch. de l'Empire
- Elodie — 40
- Lucie Didier — 20

44e SÉRIE.
- Le Masque de poix
- L'Amour et son train
- Jocelyn le garde-côte — 40
- Le Bal d'Auvergnats
- Le Démon du Foyer — 20

45e SÉRIE.
- Aventures de Mandrin — 40
- Dieu m., le couv. est mis
- L'Oiseau de Paradis — 40
- Si j'étais riche
- Donnez aux Pauvres — 20

46e SÉRIE.
- Le Médecin des Enfants — 20
- Médée
- Le Pendu — 40
- Mon Isménie
- Les Fanfarons de vice — 20

47e SÉRIE.
- Marie Stuart en Ecosse — 40
- Les Bât. dans les roues
- Le Fils de la Nuit — 40
- Les 7 F. de Barbe-bleue
- Un Roi malgré lui — 20

48e SÉRIE.
- Les Zouaves — 40
- Le Jour du Frotteur
- Le Marin de la garde — 40
- Sous les Pampres
- Un Voyage sentimental — 20

49e SÉRIE.
- Les Pauvres de Paris — 40
- As-tu tué le mandarin
- Les Parisiens — 40
- Schahabaham II
- Les Pièges dorés — 20

50e SÉRIE.
- Jane Gray — 40
- La Bonne d'enfant
- L'Avocat des Pauvres — 40
- Les Suites d'un 1er lit
- Les Toilettes tapageuses — 20

51e SÉRIE.
- Fualdès — 40
- Grassot embêté p' Ravel
- Cléopâtre — 40
- Toquades de Boromée
- Rose et Marguerite — 20

52e SÉRIE.
- Jérusalem — 40
- Les Cheveux de ma Fem.
- Le Secret des Cavaliers
- Six Demoiselles à marier — 40
- Le Docteur Chiendent — 20

53e SÉRIE.
- La Reine Topaze — 40
- Le 66
- Le Chât. des Ambrières
- Roméo et Marielle — 40
- L'Echelle de Femmes — 20

54e SÉRIE.
- La Fausse Adultère — 40
- Madame est de retour
- La Route de Brest
- Secret de l'oncle Vincent — 40
- Croquefer — 20

55e SÉRIE.
- Les Gens de Théâtre — 40
- Une Panthère de Java
- Orphelins du Pont N.-D.
- Le Jour de la Blanchiss. — 40
- Le Fils de l'Aveugle — 20

56e SÉRIE.
- Les Orph. de la Charité — 40
- La Rose de Saint-Flour
- Le Pressoir
- Fais la cour à ma Femme — 40
- Les Princ. de la Rampe — 20

57e SÉRIE.
- Jean de Paris
- Un Chapeau qui s'envole — 40
- La Belle Gabrielle
- Zerbine — 40
- Les Lanciers — 20

58e SÉRIE.
- L'Aveugle
- Un Fameux Numéro — 40
- Les Deux Faubouriens
- Polkette et Bamboche — 40
- Dalila et Samson — 20

59e SÉRIE.
- Michel Cervantes — 40
- L'Opéra aux Fenêtres
- André Gérard — 40
- Une Soubrette de qualité
- Le Prix d'un Bouquet — 20

60e SÉRIE.
- Le Chev. du Brouillard — 40
- À Roi boit
- L'Amiral de l'Esc. bleue
- Tout du roi — 40
- Roméo et Juliette — 20

61e SÉRIE.
- Si j'étais roi
- La Dame aux jamb. d'azur — 40
- Les Viveurs de Paris
- La Médée de Nanterre — 40
- On demande un Gouvern. — 20

62e SÉRIE.
- La Bête du bon Dieu
- Le Mobilier de Bamboche — 40
- William Shakspeare — 40
- Une Minute trop tard
- Le Télégraphe électrique — 20

63e SÉRIE.
- La Filleule du Chansonn. — 40
- Pénicault le Somnambule
- La Comt. de Novailles — 40
- Avez-vous besoin d'arg.
- Un Enfant du Siècle — 20

64e SÉRIE.
- Les Filles de Marbre — 40
- Le Cousin du Roi
- Les N. de Bouchencœur — 40
- Les Jeux innocents
- L'Anneau de Fer — 20

65e SÉRIE.
- L'Étoile du Nord — 40
- Brin d'Amour
- Le Fou par Amour — 40
- L'Amour mouillé
- La Comète de Ch.-Quint — 20

66e SÉRIE.
- Le Carnaval de Venise — 40
- Le Compag. de Voyage
- Le Fléau des Mers — 40
- Un Gendre en Surveill.
- Le Fils de la Folie — 20

67e SÉRIE.
- Ohé! les P'tits Agneaux! — 40
- Un Oncle aux Carottes
- Le Rocher de Sisyphe — 40
- Les Gardes du roi de Siam
- Paris Crinoline — 20

68e SÉRIE.
- Les Vaches landaises — 40
- Une Mèche éventée
- Les Fiancés d'Albano — 40
- Le Parapluie d'Oscar
- Diane de Chivry — 20

69e SÉRIE.
- Le Bonhomme Lundi — 40
- L'Éducation d'un Serin
- Le Pays des Amours — 40
- La Gammina
- Le Dessous des Cartes — 20

70e SÉRIE.
- Les Orph. de St-Sever — 40
- M. et Mme Rigolo
- Les Talismans — 40
- Les Désespérés
- Les Étudiants — 20

71e SÉRIE.
- La Perle du Brésil — 40
- La Raisin
- Le Martyre du Cœur — 40
- Méphistophélès
- Thérèse ou l'O. de Genève — 20

72e SÉRIE.
- Germaine — 40
- La Botte secrète
- Margot — 40
- Maître Bâton
- Eulalie Pontois — 20

73e SÉRIE.
- Les Mers polaires — 40
- Mam'selle Jeanne
- Les Fugitifs — 40
- Le Feu à une v. maison
- Il y a seize ans — 20

74e SÉRIE.
- La Nuit du 20 septembre — 40
- Les Petits Prodiges
- Les Croc. du Père Martin — 40
- Une Croix à la Cheminée
- La Bataille de Toulouse — 20

75e SÉRIE.
- Jaguarita l'Indienne — 40
- Le Déjeuner de Fifine
- Jean-Bart — 40
- Un Banq. c. il y en a peu
- La Famille Lambert — 20

76e SÉRIE.
- Les Mousq. de la Reine — 40
- Les Précieux
- Il faut que jeun. se paye — 40
- J'ai mangé mon ami
- Rose et Rosette — 20

77e SÉRIE.
- Les Bibelots du Diable — 40
- Les deux Pêcheurs
- Les Mères repenties — 40
- Vente d'un riche mobilier
- Les Amants de Murcie — 20

78e SÉRIE.
- Les Pantins de Violette — 40
- Eva
- Turlututu, chap. pointu — 40
- Je croque ma tante
- Calas — 20

79e SÉRIE.
- Tromb-al-ca-zar
- Si ma femme le savait — 40
- Le Château de Grantier — 40
- Préciosa
- Les Rôd. du Pont-Neuf — 20

80e SÉRIE.
- Les Enfants terribles — 40
- Une Mait. bien agréable
- La Case de l'oncle Tom — 40
- Griseldis, ou les cinq sens
- Lisbeth — 20

81e SÉRIE.
- Frère et Sœur — 40
- Drélin! drélin!
- Le Punch Grassot — 40
- Monsieur mon fils
- L'Ouvrier — 20

82e SÉRIE.
- Le Glou aux maris — 40
- La Marquise de Tulipano
- Les Dragons de Villars — 40
- Une Crise de ménage
- Le Test. de la p. femme — 20

83e SÉRIE.
- Le comte de Lavernie — 40
- 5 gaill. dont 2 gaillardes
- Martha — 40
- Plus on est de fous
- Le Père de famille — 20

84e SÉRIE.
- Faust — 40
- La Perdrix rouge
- Maurice de Saxe — 40
- Anguille sous roche
- La Vendetta — 20

85e SÉRIE.
- Les Ducs de Normandie — 40
- Une Temp. dans une Baig.
- Cartouche — 40
- Un Mari d'occasion
- La Fiancée de Lammerm. — 20

86e SÉRIE.
- La Demoiselle d'honneur — 40
- Entre Hommes
- L'école des Ménages — 40
- Le Tueur de lions
- Othello — 20

87e SÉRIE.
- Paris s'amuse — 40
- Soufflez-moi dans l'œil
- Le Maître d'École — 40
- L'inventeur de la poudre
- Ghétan il Mammone — 20

88e SÉRIE.
- Les Grands Vassaux — 40
- Le Dîner de Madelon
- Fanfan la Tulipe — 40
- Pan, pan, c'est la fortune
- Le Diamant — 20

89e SÉRIE.
- Cri-cri — 40
- Orfa
- Quentin Dorward — 40
- La Chèvre de Ploërmel
- Robert, chef de Brigands — 20

90e SÉRIE.
- Les Comp. de la Truelle — 40
- Le Capitaine Chérubin
- Songe d'une Nuit d'été — 40
- Un Fait-Paris
- Les Frères à l'Épreuve — 20

91e SÉRIE.
- Les Chev. du Pince-Nez — 40
- Le Dada de Paimbœuf
- Le Sav. de la rue Quinc — 40
- Tant va l'Autruche à l'eau
- Le Philos. sans le savoir — 20

92e SÉRIE.
- Le Roi de Bohême — 40
- Aimons notre prochain
- Le Prêteur sur Gages — 40
- Le Chevalier des Dames
- Adolphe et Sophie — 20

93e SÉRIE.
- Le Marchand de coco — 40
- Une Dame pour voyager
- Sans Queue ni Tête — 40
- Une Bonne pour tout faire
- Mac Dowel — 20

94e SÉRIE.
- Les Deux Aveugles — 40
- Les Trois Sultanes
- L'Histoire d'un Drapeau — 40
- L'Ut dièze
- Farruck, le Maure — 20

95e SÉRIE.
- Christine à Fontainebleau — 40
- Orphée
- Le Roi des Iles — 40
- Le Paletot brun
- Élodie — 20

96e SÉRIE.
- La Lanterne magique — 40
- L'Avocat du Diable
- La Fille du Tintoret — 40
- Madame est aux Eaux
- Le Colonel et le Soldat — 20

97e SÉRIE.
- Fanchette — 40
- Otez votre fille, S. V. P.
- Compère Guillery — 40
- M. de Bonne-Étoile
- Françoise de Rimini — 20

98e SÉRIE.
- Le Jugement de Dieu — 40
- L'Omelette de Niagara
- Le Sang mêlé — 40
- Le Petit Cousin
- Le Pied de mouton — 20

99e SÉRIE.
- La Mère du Condamné — 40
- C'était Moi
- Charles VI — 40
- Je Marie Victoire
- La Suédoise — 20

100e SÉRIE.
- La Sirène de Paris — 40
- Le Sou de Lise
- Fils de la B. au B.-Dorm. — 40
- La Veuve au Camélia
- La Bagne de fer — 20

101e SÉRIE.
- Pianella — 40
- L'Ecole des Arthur
- Une Pécheresse — 40
- Feu le Capitaine Octave
- La Forêt périlleuse — 20

102e SÉRIE.
- La fête des Loups — 40
- L'Esprit familier
- Un Drame de famille — 40
- L'Hôtel de la poste
- Comme on gâte sa vie — 20

103e SÉRIE.
- La Petite Pologne — 40
- Les Comédiens de salons
- Gentilh. de la montagne — 40
- Les Baisers
- Les Victimes cloîtrées — 20

104e SÉRIE.
- Mém. de Mimi Bamboche — 40
- Gemma
- Les Bourgeois-Gentilsh. — 40
- Matelot et Fantassin
- Richard Cœur de Lion — 20

105e SÉRIE.
- La Maison du pont N.-D. — 40
- Trois Amours de Tibulle
- Le Bijou perdu — 40
- Voyage aut. de ma marm.
- Les Francs Juges — 20

106e SÉRIE.
- Jeanne qui pl. et J. qui rit — 40
- Le Rosier
- L'Escamoteur — 40
- C'est ma femme
- Le Prisonnier Vénitien — 20

107e SÉRIE.
- Trottman, le touriste — 40
- Un Mari à l'italienne
- La Fille des chiffonniers — 40
- Sourd comme un pot
- Raymond — 20

108e SÉRIE.
- Gil-Blas — 40
- Je suis mon fils
- Le Chemin le plus long — 40
- Mari aux Champignons
- La Sorcière — 20

109e SÉRIE.
- La Bague de Thérèse — 40
- L'Amour du Trapèze
- Marg. de Sainte-Gemme — 40
- L'Habit de Mylord
- La Cabane de Montainard — 20

110e SÉRIE.
- Le Bataillon de la Moselle — 40
- Le Jeune homme au rifflard
- Oh! la la! qu'c'est bête — 40
- Après deux ans
- Les Étouffeurs de Londres — 20

111e SÉRIE.
- Maris me font touj. rire — 40
- Une Ombrelle comprom.
- Les Gueux de Béranger — 40
- La Grotte d'azur
- Fénelon — 20

112e SÉRIE.
- Alceste — 40
- La Balançoire
- L'Ange de Minuit — 40
- Les Deux Cadis
- Palmérin — 20

113e SÉRIE.
- Un Dimanche à Robinson — 40
- Monsieur votre fille
- La Beauté du Diable — 40
- Rosemonde
- L'Honnête Criminel — 20

114e SÉRIE.
- Les deux Veuves — 40
- Alexandre chez Appelle
- Les Danses nationales — 40
- Le Gardien des écelles
- Misanthropie et repentir — 20

115e SÉRIE.
- Cora ou l'Esclave
- Si Pontoise le savait
- Les Visitandines
- Clairette et Clairon
- Simon le voleur

116e SÉRIE.
- Les Aventuriers
- Flamberge au vent
- La Bouquet des Innocents
- Arrêtons les frais
- La petite ville

117e SÉRIE.
- Le Portefeuille rouge
- La Nouvelle Hermione
- La Fille du paysan
- Un M. qui a brûlé une dam.
- Les deux Philibert

118e SÉRIE.
- Le Crétin de la montagne
- Un Mari qui ronfle
- Le Lac de Glenaston
- Chapitre V
- La Peau de chagrin

119e SÉRIE.
- Le Guide de l'Étranger
- Chez Bonvalet
- L'Envers d'une Consp**
- Et représenté
- Le Barbier de Séville

120e SÉRIE.
- Valentine Darmentiere
- La Dame de Trèfle
- France de Simiers
- Ce scélérat de Poireau
- La Mère coupable

121e SÉRIE.
- Les volontaires de 1814
- La chasse aux papillons
- Zémire et Azor
- Madelon Lescaut
- Guillaume le débardeur

122e SÉRIE.
- Rose et Colas
- Un hom. qui a perd. son do
- Un Enfant de Paris
- Un Carnaval de troupiers

123e SÉRIE.
- La servante maîtresse
- L'homme qui a vécu
- Les Mystères du Temple
- Vercingentorixe

124e SÉRIE.
- Les fausses bonnes fem.
- Natapan
- Les Étrangleurs de l'Inde
- P'tit fils, p'tit mignon
- Henriette Deschamps

125e SÉRIE.
- La Dame de Monsoreau
- L'Écumoire
- Bonaparte en Égypte
- Cocatrix

126e SÉRIE.
- Philidor
- 1 heure avant l'ouverture
- Les Fous
- Ya-Mein-Herr

127e SÉRIE.
- Les Belles de nuit
- Un j. homme en location
- Le Mariage de Figaro
- Les Jours gras de Madame

128e SÉRIE.
- T. de Nesle à P.-à-Mousson
- Un drôle de pistolet
- Les R. du Château noir
- L'Esclave du mari

129e SÉRIE.
- Mauvais cœur
- Horace et Liline
- Débance et Ma'ice
- Les Recruteurs

130e SÉRIE.
- François les Bas-Bleus
- Deux mots
- Le Château de Pontalec
- Le Lorgnon de l'amour

131e SÉRIE.
- Le père Lefeutre
- Détournement de majeure
- La Paysanne pervertie
- L'Étincelle

132e SÉRIE.
- La Fille de trente ans
- Le Piège au mari
- Chodruc Duclos
- La mort de Bucéphale

133e SÉRIE.
- La Loge de l'Opéra
- Le Neveu de Gulliver
- Les Pirates de la Savane
- L'Enlèvement d'Hélène

134e SÉRIE.
- Deux Merles blancs
- Toute seule
- Le Bonhomme Jacques
- Les Jarretières de Hubs...